序 言

由于有了大自然的无私奉献，人类才得以生存于这个色彩绚丽的世界之中。从每年的春夏秋冬到每天的朝霞余晖，人们饱览和感受了各种不同的色彩变化。我们认识这个世界的美丽也是从色彩开始的，色彩不仅象征着自然的迹象，同时也象征着生命的活力，没有色彩的世界是不可想像的。现代的艺术家们正是从色彩的世界中得到了足够的灵性而开始了他们富有特殊意义的艺术旅程。

现代设计的色彩研究正在随着设计理念的不断变化而快速发展，作为现代设计的重要组成部分，色彩在设计中的作用显而易见。当我们在为设计作品中色彩的精彩表现而陶醉时，也不得不为设计师的匠心独运而感叹。设计作品的色彩取向往往带有浓郁的时代背景，而时代的变迁又往往依赖于社会的政治、经济、文化、艺术等各方面的综合发展。在设计领域里，我们所说的各个设计专业的时代特征通常都可以从设计作品及生产的产品色彩中找到答案，如服装设计流行色彩的发布预示着着装风格及着装文化的改变与流行；环境艺术设计中也同样有着流行色与装修风格的主流走向；工业产品设计的色彩变化同样强调时代的鲜明性。如果我们能够多加留意和观察设计作品的色彩变化，就会发现许多有趣的现象：人们在不断变化自己的服装色彩，今年爱穿红色和黑色，明年爱穿白色和棕色；家居的色彩也是一年一个样；装修的色彩风格时而华丽，时而典雅，多少体现了人们对时代的进步与变化的积极反应以及对美好生活的强烈追求。在家电产品中，过去所提到的黑色家电指的是电视机，白色家电指的是冰箱、空调和洗衣机，但在今天的产品设计中，为了更好地迎合人们不同的欣赏习惯及审美需求，家电的色彩设计已经变得非常的丰富和多样化，除了黑色和白色，我们还会看到灰色、蓝色、绿色和紫色等多种色彩的家电产品，极大地丰富了人们的生活。没有设计的中国已成历史，没有色彩的中国也已过去。现代设计在中国虽然年轻，但充满活力；设计色彩的研究和教育虽然起步较晚，但却前程似锦。我们在国内外众多设计师及专家的色彩运用和研究成果的基础上，作了更进一步的拓展与探索，从不同角度和视角分析了设计色彩的相关特征和风格，使色彩研究更加全面和具有较强的艺术性和学术性。

《现代设计色彩教材丛书》在各位同仁的大力支持下，即将与广大的读者见面，我们颇感欣慰与遗憾，欣慰的是本套丛书在经历两年的艰苦耕耘下终于告一段落，完稿成书。遗憾的是本书的编写仍然有许多不足和欠缺，还希望各位读者给予批评和指教。

本书录用的图稿既有教学中学生的作品，也有国内外设计师的优秀作品，风格极为多样化，具有着很高的学习及鉴赏价值。

停笔之前，再次感谢为此书的编写给予过帮助的老师、同学及各位朋友。

编者写于广西艺术学院设计学院

2004 年 12 月 6 日

目录

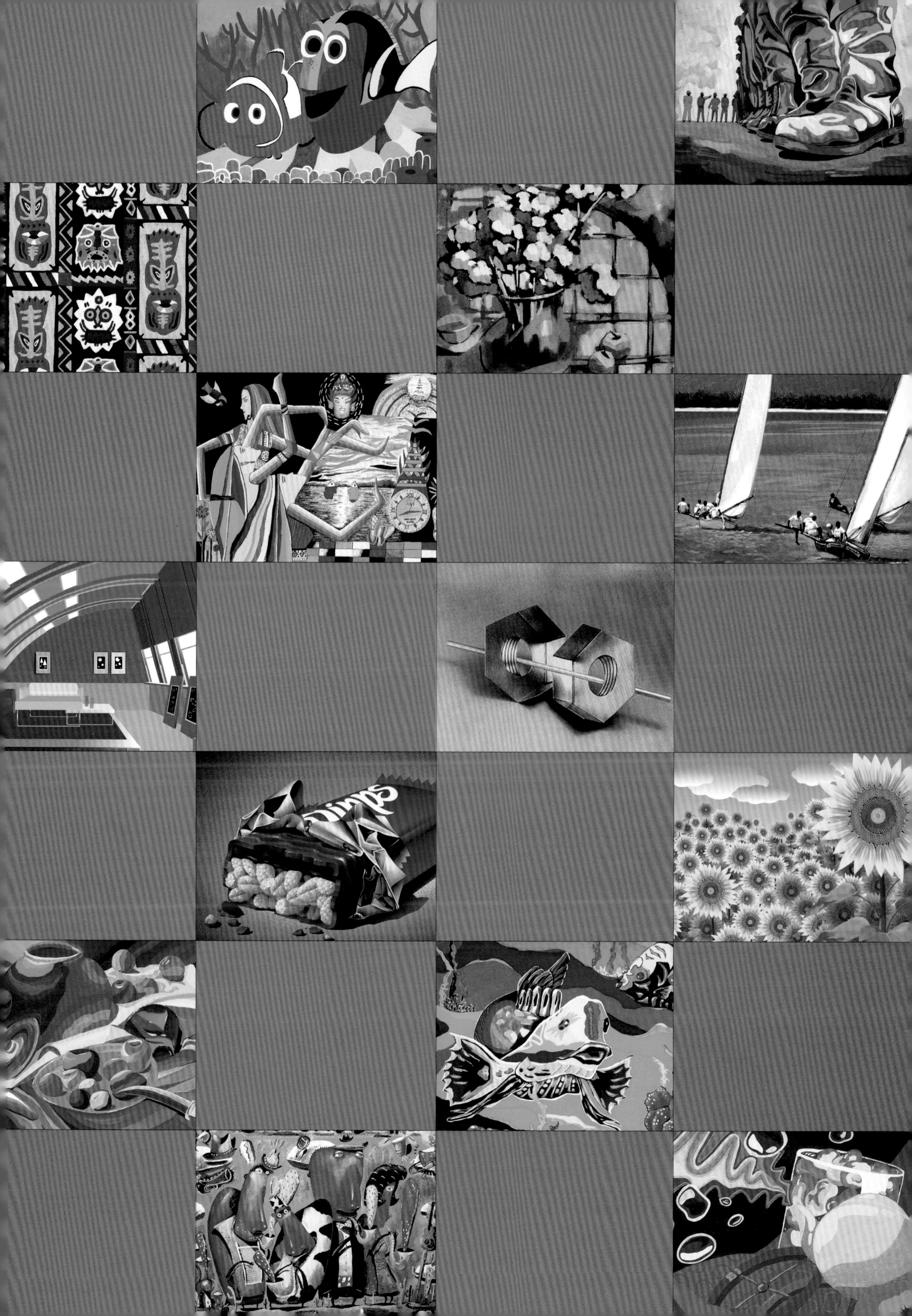

01 论图形设计色彩

在现代艺术设计作品中，图形的运用无处不在，从黑白图形到各式各样的色彩图形，丰富了艺术设计的内容，极大地增加了设计作品的创意性和欣赏性，但在设计领域里，图形色彩作为专门的课题研究还并不多见。

在以往的图形设计研究中，人们更热衷于研究图形的创意设计和它的表现效果，而对于图形色彩的研究却显得较为平淡，虽然图形的创意设计不可忽略，但成功的作品却离不开巧妙的色彩表现。许多的设计作品在刚开始的草图阶段表现较为平乏，在进入实质性的色彩表现后，作品得到了超乎想象的突破。图形与色彩之间的相互关系应该是相辅相成的，图形是架构，色彩是灵魂。一个小小的标志设计，其简单的色彩变化却表现出了一种商品乃至一个企业的形象及文化。在相关的广告设计及其各类平面设计中，对于图形的色彩表现要求也是非常严格的，因为色彩将决定作品的最终视觉效果。在媒体影视广告中，鲜亮明快的色彩，塑造了各式各样的商业和艺术氛围，引人注目，以达到商品的宣传和营销目的。在商业插画及书籍插图中，色彩的表现也尤为重要，不仅要有一定的创意能力，还需要有更出色的造型和色彩表现能力，这样才能够吸引人的眼球，提升欣赏价值。

THE SAFARI GOLF CO.

标志图形设计

TRINITY EXPRESS COMMUTER TRAIN Railway 美国 1997

SWAN SHIPPING AGENCIES

Exporter 澳大利亚 1997

标志图形设计

书籍插画设计

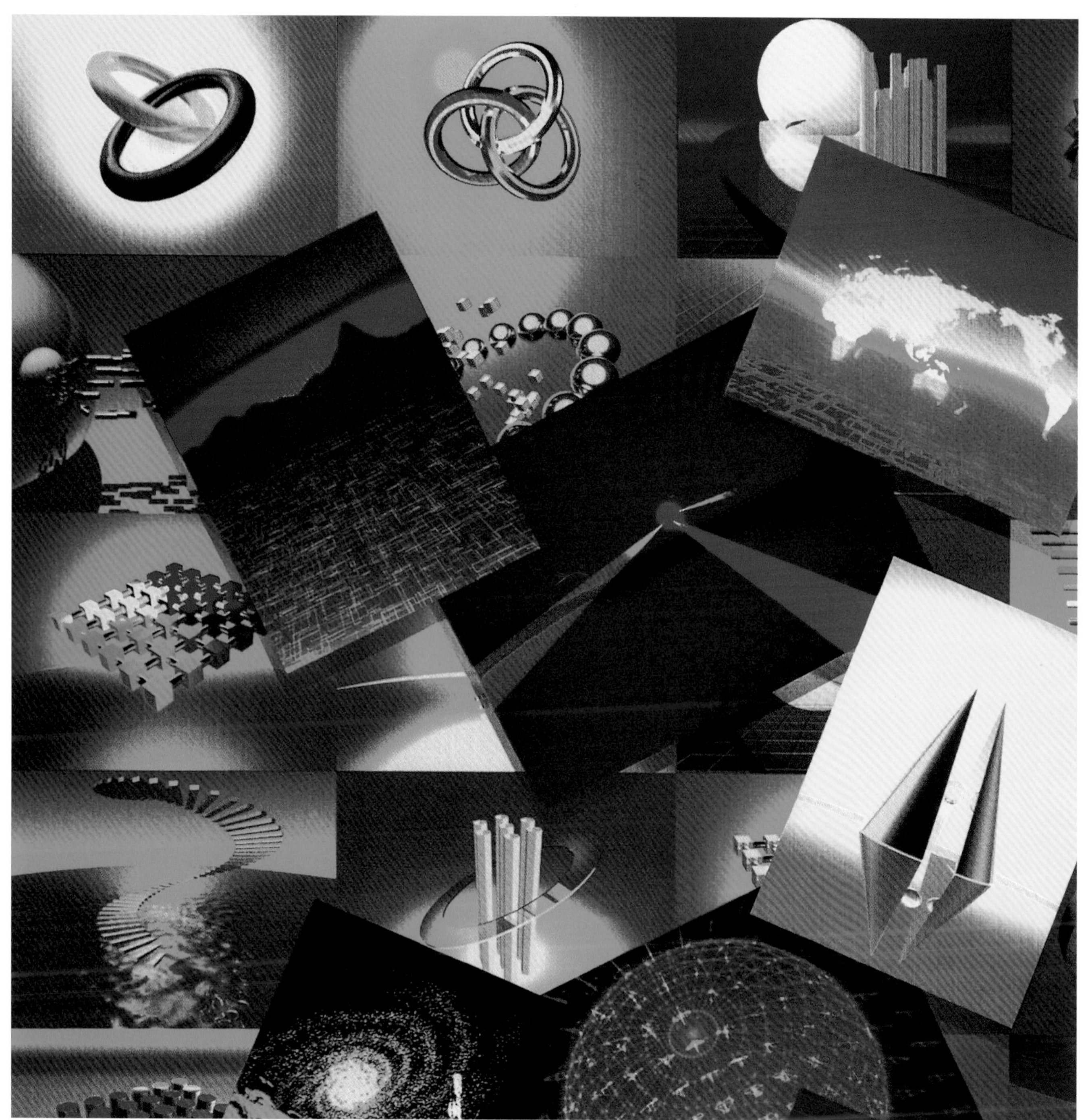

商业绘画设计

关于色彩方面的研究，已有许多的学者和专家作过专门的探讨和分析，并已形成系统的理论和体系，我们在此书中将重点分析和研究设计专业图形的色彩运用以及图形色彩的基本特征，力求以新的角度、新的观点、新的思维去阐述其新的设计理念。在常规的设计教学中，我们已习惯于照搬色彩原理来解释设计中的色彩运用问题，并常常是一笔带过。而设计教学更应该传授给学生全面的设计知识，这其中包括了图形、色彩、技法等方面的教学内容，任何一个方面的缺失都会造成设计作品的简单性而失去设计的艺术深度。如在设计色彩运用中，补色的运用所产生的效果远比同类色的效果在视觉上更加具有冲击性和吸引性，而这在一般的理论中是强调谨慎使用的。设计作品通常使用大面积的色块加以较小的图形变化，以求产生更强烈的视觉效应，这也是设计色彩的主要特征之一。设计作品中有关图形与色彩的关系确实是非常值得研究的课题，在本书的以下章节中，我们将作更深入的探讨，以希获得更有价值的学问，与同行来共享其中之乐趣和成就。

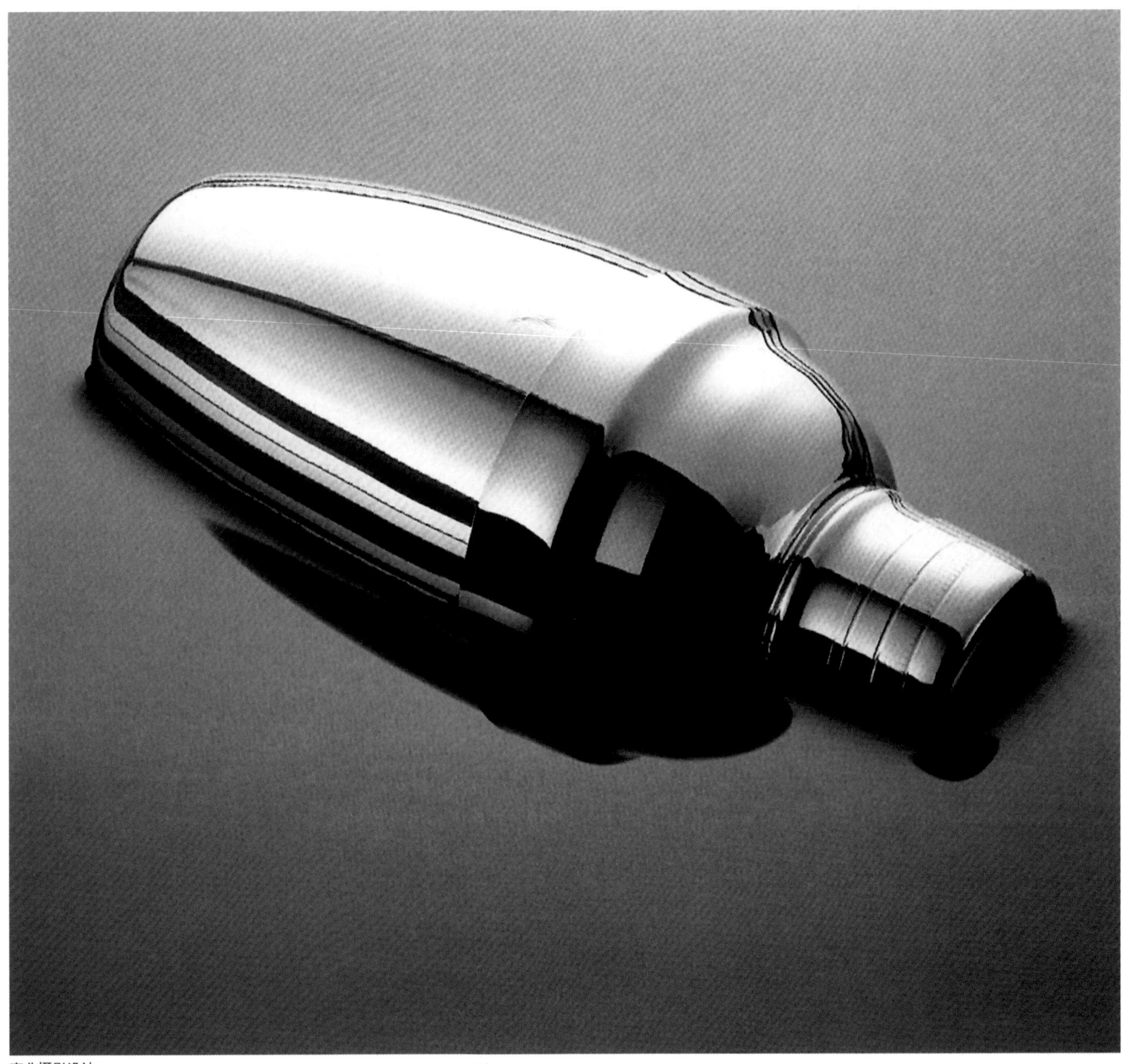

商业摄影设计

黑白图形设计

02 图形与色彩

商业插画设计

1.图形的构成特征

既然谈到了图形的色彩，那么我们先来看看图形的构成规律及造型特征，这样也许会对我们认识图形与色彩之间的关系有较好的帮助。它包括以下几个方面的内容：

（1）图形的分类　图形设计是现代设计学中最为重要的组成部分，贯穿于设计的各个专业，由于所在专业不同，对图形的教学和要求也有所不同，不过在这里我们将之统称为图形设计。细分的话有：图案设计、插画设计、标志设计、构成设计、卡通动画设计、装饰画设计等多种形式的变化，视觉上表现为黑白和色彩图形两种形式。

（a）图案设计　图案设计是指运用于各类专业设计中的图形方案设计，题材包括各种自然形、创意形、几何形等。在格式方面有：单独图案、适合图案、二方连续图案、四方连续图案等，形式及变化极为丰富。

图案设计

图案设计

商业插画设计

(b)插画设计　这里指的是为各种的艺术、文学、商业等领域所进行的图形设计与创作。插画设计主要集中在文学插图与广告插图方面。表现的形式非常丰富，风格各异，创意性很强，有很强的欣赏价值。

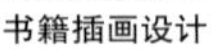

书籍插画设计

招贴画设计

书籍插画设计

（c）构成设计　利用现代设计的构成原理来进行的图形设计，我们将之称为构成设计。构成设计的最大特点就是现代感强。巧妙的空间形态、形体的简练穿插，使得图形的视觉效果具有极强的冲击力。

构成设计

构成设计

构成设计

卡通设计

卡通设计

(d)标志设计　大部分的标志设计都运用图形来进行，这类图形力求造型的简练和明了，针对性强，主要是为了树立企业、集体、个体或者商品的市场形象和大众形象而进行的。这类图形的设计需要较好的专业水平和造型基础。

标志设计

卡通设计

(e)卡通设计　也称动画设计，是现代设计中新兴的专业。卡通图形的最大特点就是其独特的造型理念和造型手法，如美国著名的“米老鼠”和“唐老鸭”、我国电影《大闹天宫》中的“孙猴子(孙悟空)”，这些大胆而谐趣的造型使其得到了人们的广泛喜爱，形成了自己的受众群体，满足了人们的视觉与精神的需要。

(f)装饰画设计　装饰画的风格是多种多样的，装饰画的造型也是丰富多彩的，装饰的图形有的简单，有的复杂多变，造型风格千变万化，加之各种绘画的表现技巧，使得画面的视觉效果得到了充分的加强。

装饰画设计

装饰画设计

装饰画设计

(2)图形的创意　图形的共同特征就是具有较强的创意性和表现性。为了达到设计表现的目的，设计师往往采用非同常规的思维形式来进行设计和表现，令人意想不到，构思巧妙，别出心裁，以一图达百意。创意一般包括联想、寓意、象征、错视等思维形式及表现形式。创意是图形设计的精髓。

(a)联想　图形创意的最初方式，由某一事物或某种思维所引起的设计冲动，从而实施设计的表现结果，这依赖于设计师在平时的观察与设计的能力。

联想

联想

联想

(b)寓意　将某种巧妙的思维结合到另一种设计的思维当中去，使之相得益彰，从而使原来的图形含义得到进一步的升华和加强，寓意更广泛，更耐人寻味。

寓意

寓意

寓意

寓意

(c)象征 以某种图形去表现另外的、意义相近的设计创意，从而扩展图形的创意范围，避免直接的表现与简单的说明。

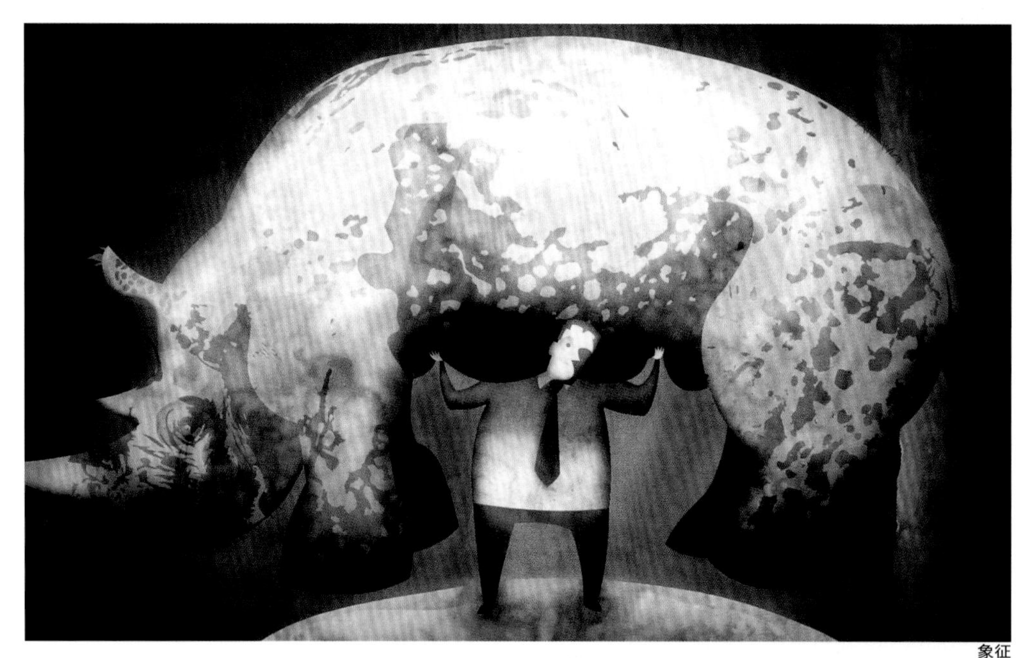

象征

象征

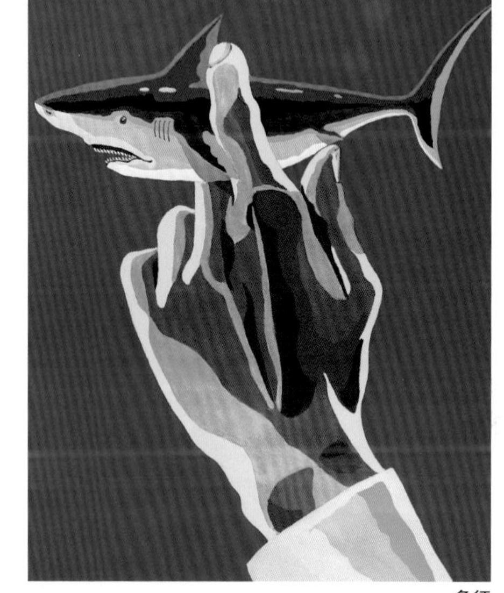

象征

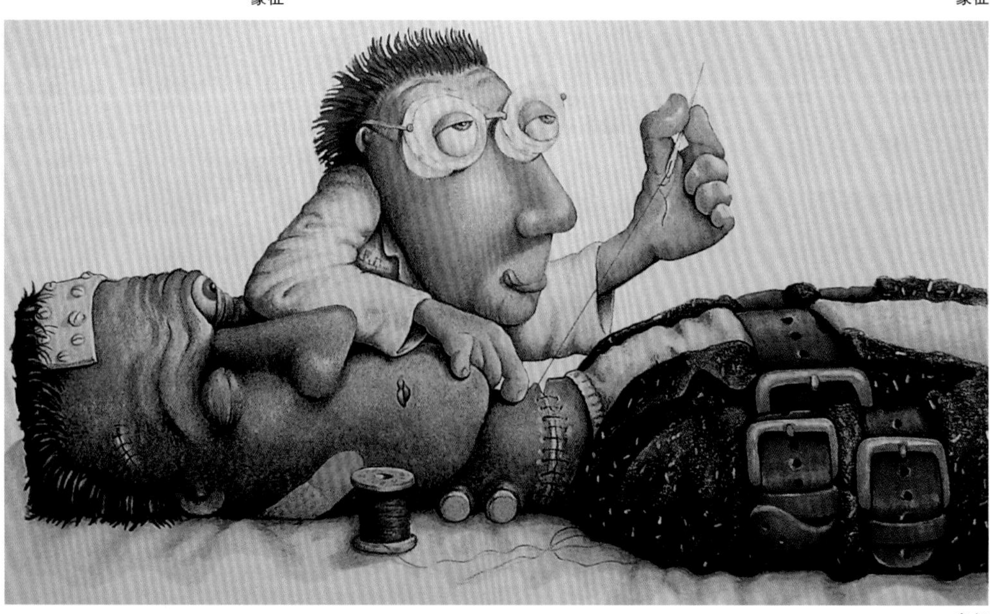

象征

（d）错视　现代设计中常用的手法，在平面的形体中创造另一种视觉空间，似是而非，错综复杂，看似合理，但又充满矛盾，形成了独特的图形风格。

错视

错视

错视

错视

(3)图形的表现　图形的表现形式是多种多样的，但设计师的造型思维和造型能力将决定图形表现的最终效果，图形一般常见的表现形式有：几何图形、写实图形、抽象图形、字体图形、综合性图形等。在具体的画面技巧中，摄影、手绘、电脑及特殊材料的表现形式也是非常多见的，每种形式的表现效果都具有独特的视觉语言和艺术特征。

(a)摄影　摄影是现代商业设计中惯用的手法，由于这种手法的直观性与真实性，使得摄影的图形具有了较好的亲和力，人们在欣赏这类图形的时候往往很快就可获取到相关的信息和知识。加之现代摄影技术的进步，这一手法得到了淋漓尽致的发挥，为现代设计增加了新的思路与理念。

摄影

摄影

摄影

摄影

(b)手绘　手绘历来是设计师必不可少的基本功底，缺少这一能力，对一个设计师来说是灾难性的。手绘的特点完全可以弥补某些最初可能被认为是设计的缺陷，手绘的过程也是设计师创造的过程，其中的点、线、面及色彩的有机结合，能将各种创意与灵感很好地表现于方寸纸面中。

手绘

手绘

手绘

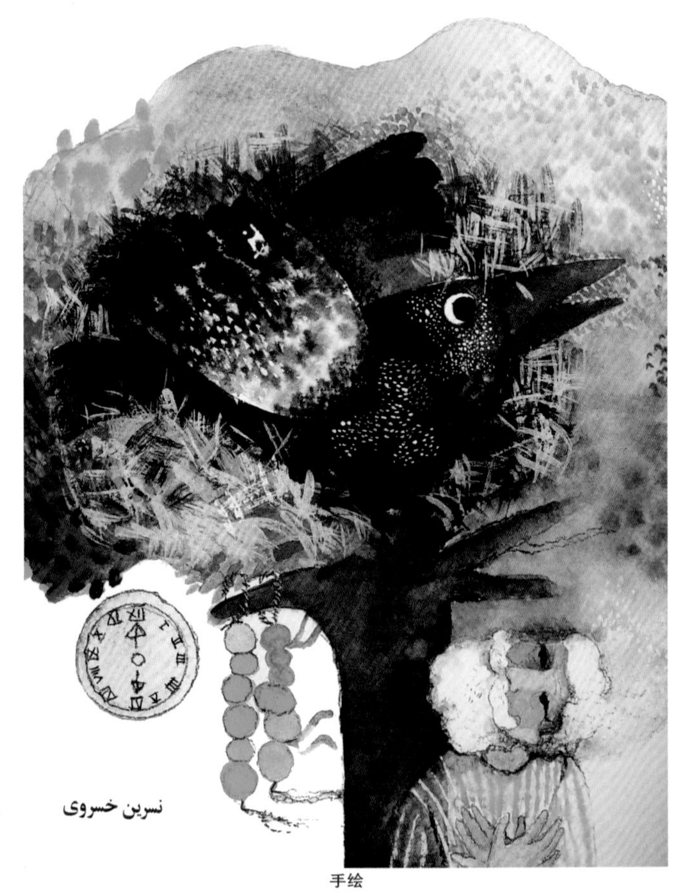

手绘

(c) 电脑绘制　这是一个科技的时代，人们的创造空间、想象空间可依靠电脑的无穷能力得以实现，各种软件的应用，提高了设计师的工作效率，图形、文字、效果等都能在设计师的点击中得以实现。

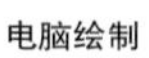
电脑绘制

电脑绘制

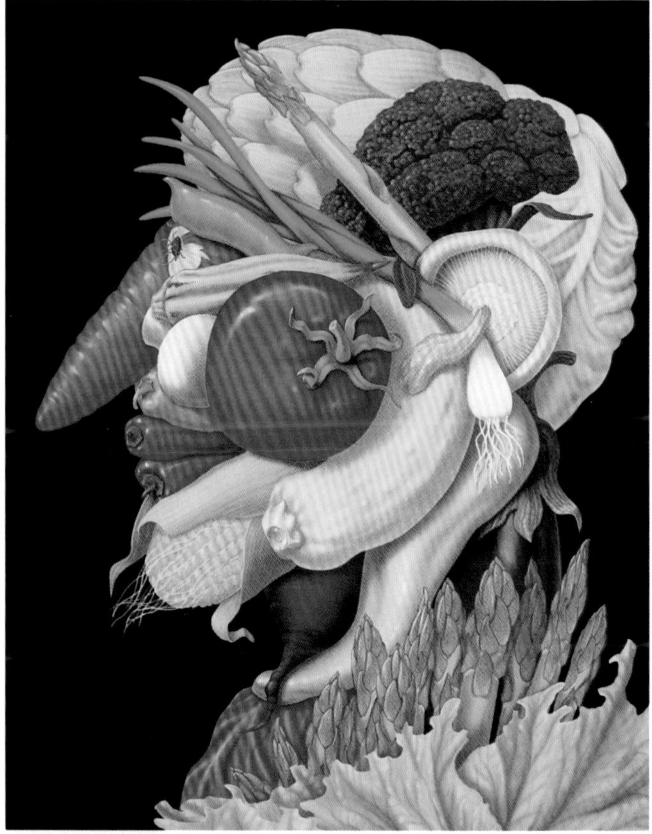

电脑绘制

电脑绘制

(d)材料　为了增加作品的视觉效果，有时我们不得不借助于一定的材料与技巧，以便使作品的造型更具有创意性和鉴赏性。毕竟平面的纸张并不能实现特殊的技巧与肌理。任何的材料都可能帮助我们产生别样的灵感与才能。

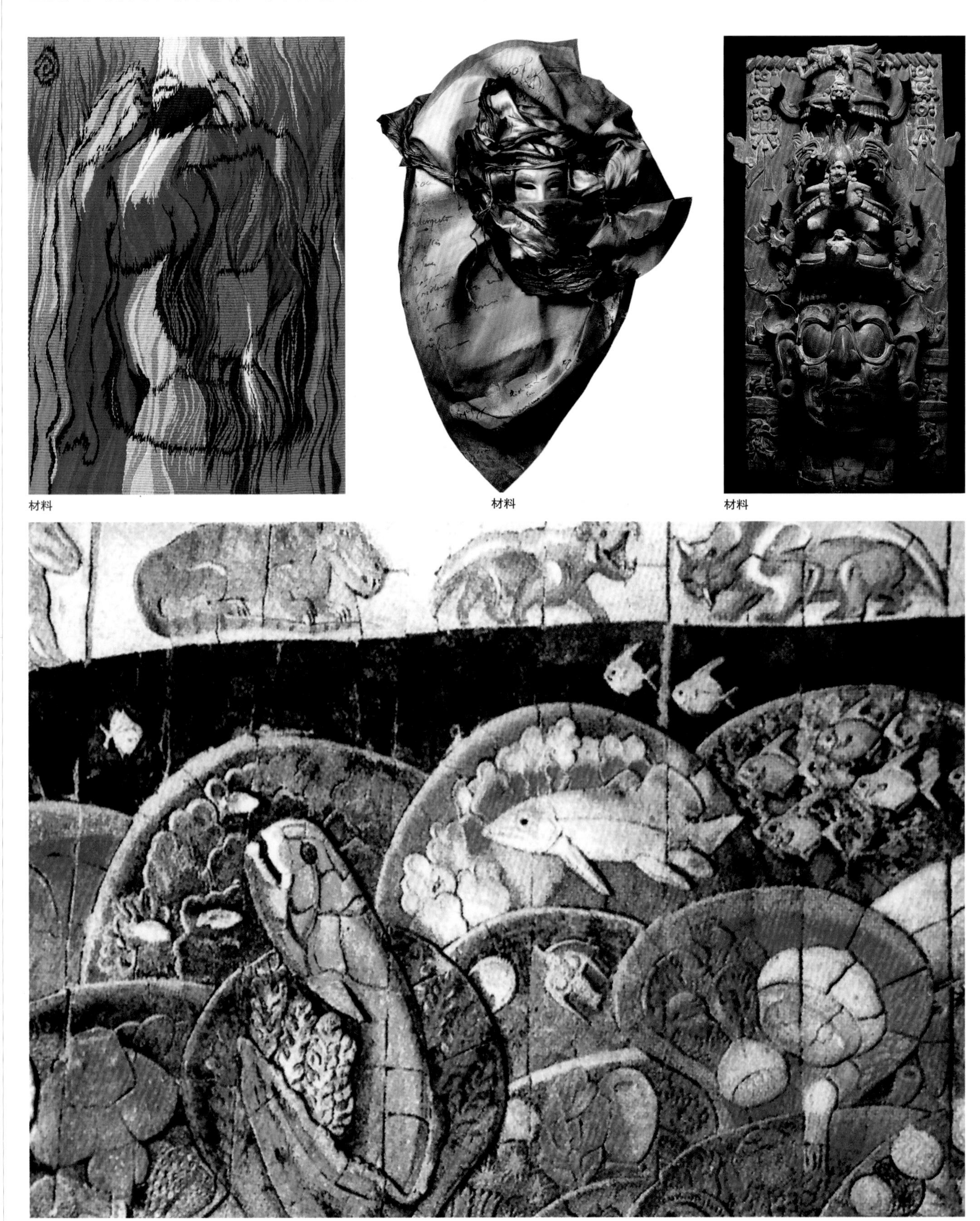

材料

材料

材料

材料

（4）图形的目的　图形设计的最终目的是为专业设计而服务的，设计怎样的图形应由设计的目的来决定。装潢的图形是为了表现产品特征，广告的图形是为了表现产品和企业的形象，服装的图形是为了表现时尚的造型，环艺的图形是为了提升空间的文化氛围。运用目的的差异，形成了不同的设计风格。图形的设计应根据设计内容的不同而选择不同的色彩表现形式，以更好地达到设计的目的。

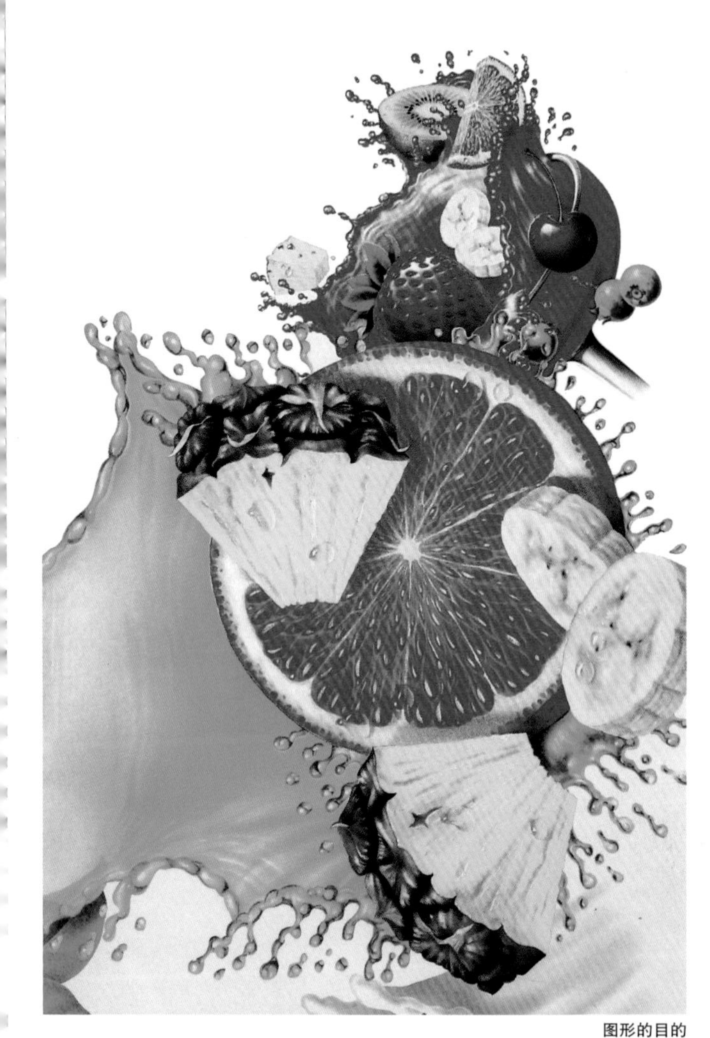

图形的目的

图形的目的

图形的目的

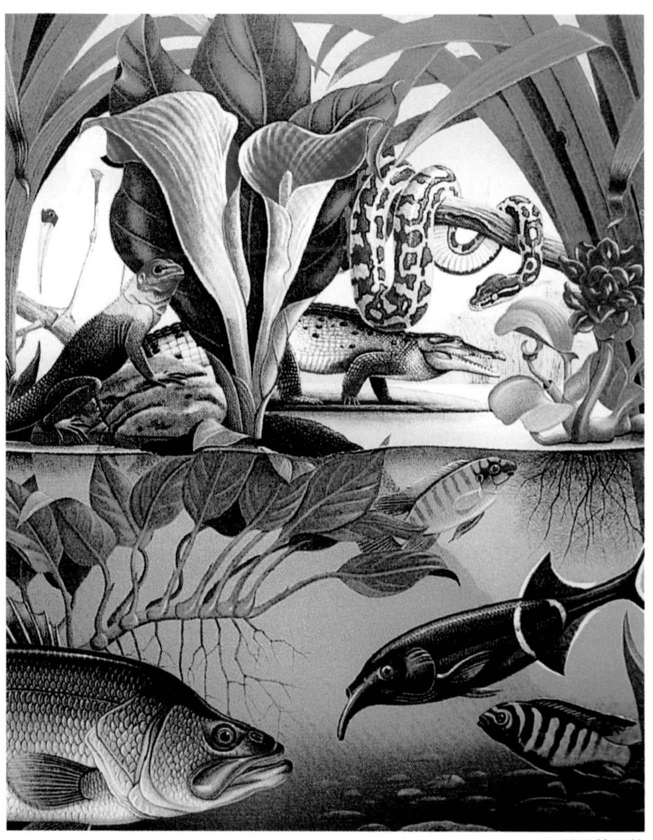

图形的目的

2.色彩的视觉特征

我们对图形的记忆大多是通过图形的色彩来进行的，醒目的色彩图形刺激了人们的视觉神经，从而加深了记忆中对图形的印象。色彩的视觉特征应包括如下内容：

（1）色彩的概念：我们可以从基本的原理中去认识色彩，如通过色彩与光源、色彩与心理、色彩与环境等因素去感知色彩的无限空间和变化，但要更多地体会色彩的内涵和魅力，通过设计色彩的变化和运用，也许更能给人以启迪和遐想。以往我们所接受的色彩理念使我们在判断色彩的属性时会很机械地认为红色代表热情、绿色代表生命、蓝色代表希望等概念。在设计范畴内，这些色彩的理论也许被新的观念所替代，在新的设计观念中，色彩重新被赋予了定位，它已是一种具有文化、艺术、形象、市场、空间等诸多因素组成的设计理念。每一种色彩的变化都会随着设计作品的定位不同而改变。设计师考虑更多的是如何将色彩完美地运用于作品之中，使之与图形的创意形成统一的视觉形象，达到设计目的。

色彩的概念——绿色

色彩的概念——红色

色彩的概念——蓝色

(a)色彩与光源　没有光源就没有色彩，这是基本的法则。在没有光源的条件下，色彩的视觉特性是无法体现的，无论是红、黄、蓝三原色还是赤、橙、黄、绿、青、蓝、紫等基本色相，都是以光源的照射、折射及光波长短度的不同而表现出来的。人们的色彩视觉现象也会受到光源效果的影响，光源越强，色彩感觉越明显；光源越弱，色彩感觉越弱。图形的色彩表现在很大程度上是要对图形的色调及明度作出较为准确的判断，以得出较为理想的画面效果。

色彩与光源

色彩与光源

(b)色彩与心理　每个人对色彩的认识和理解是有差别的，欣赏的角度也大有区别，由于人们所处的环境及所受的教育不同，对色彩的理解当然会千差万别。设计师的色彩思维一般要结合许多的心理因素来进行，虽然图形的设计因题材和目的的不同而有所变化，但对色彩心理的分析和预期可能会对图形的设计产生有益的影响和帮助。

色彩与心理

色彩与心理

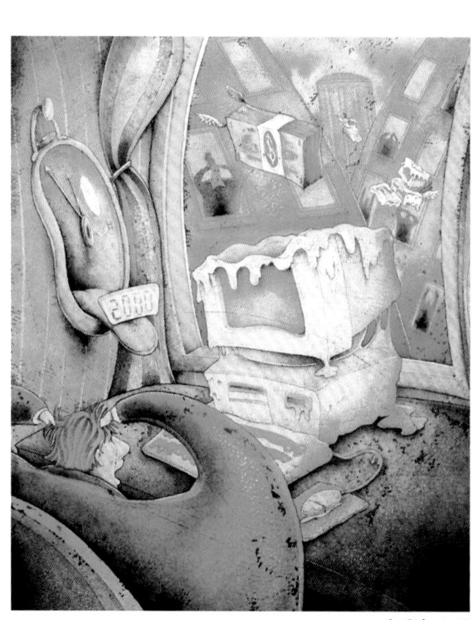

色彩与心理

（c）色彩与环境　环境与色彩的关系也是非常密切的，在所有的设计作品中，我们大都会将环境的因素考虑进去，这是因为我们所设计的作品最终要与环境和空间发生相互的作用。环艺要讲空间、广告要讲角度、包装强调展示氛围、服装设计要讲表演与穿着的效果，每种设计作品都会要求环境的绝对到位与协调，而色彩的表现与运用将是完成这一目的的最好方法和途径。

色彩与环境

色彩与环境

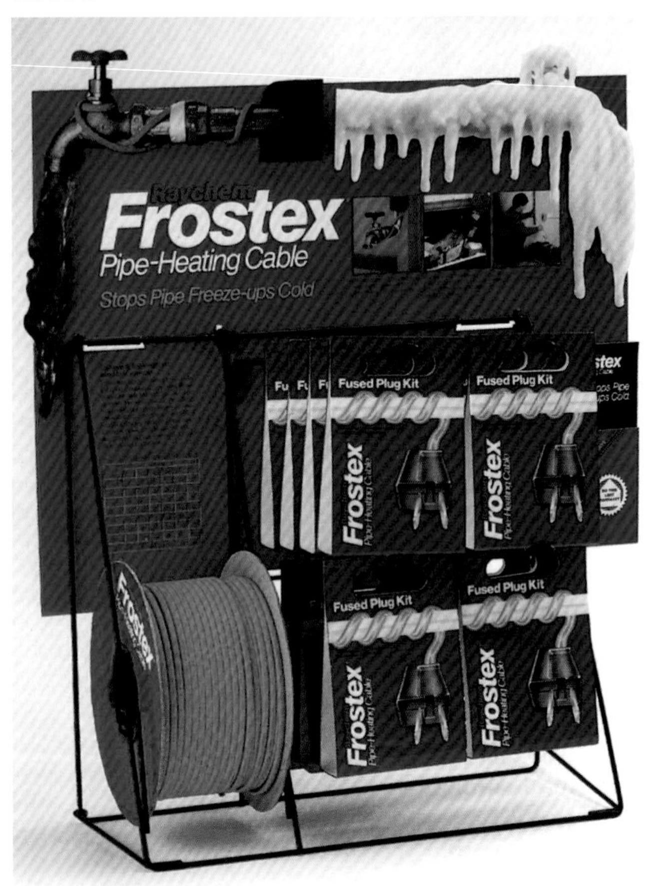

色彩与环境

(2)色彩的造型　色彩有造型吗？回答是肯定的。人们在观察一个图形的时候，往往将色彩当作图形的附着物，而忽略了色彩在其中所起到的重要作用。我们从色彩的构成原理及色彩的视觉空间形态中可以发现，只要是视觉可以捕捉到的色彩形体，我们都应认为是具有图形性质的色彩形态。如各种规则或不规则的色彩造型，在平面图形设计中，单由色彩变化来构成一个图形的作品并不鲜见，它已形成自己的表现风格。

(a)规则的造型　色彩的造型我们可以这样来理解，规则的造型是指常规的造型手法结合色彩的变化所表现的形体，这种形式较为容易让人接受，它表现的是常见的基本造型形态，如几何形、写实形、自然形等。这些形体大多来自于身边的自然感受，只是这些形体特别符合某些设计的形体要求和效果，由于这类造型较为大众化，加之色彩的视觉魅力，因而具有较好的受众亲和感。

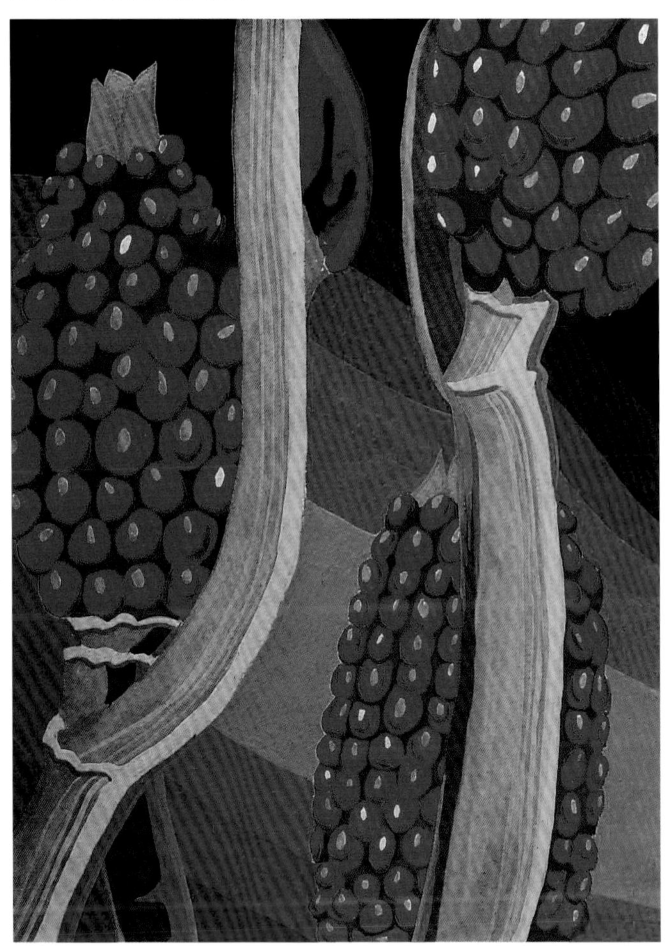

色彩的造型——规则形

色彩的造型——规则形

色彩的造型——规则形

(b)不规则的造型　此类造型在创意的出发点上是有特殊意义的，首先不规则的形体表现目的在于设计师的个性化思维，而这类造型所要表现的效果又不适宜那些较为直观的画面形态。不规则的造型通常表现为形体的感性化和自由化，它往往会给人一种强求的意识并希望人们在此过程中逐渐地去接受它。不规则的造型通常会借助于色彩的各种表现技巧和方法来达到更加具有视觉冲击力的目的。

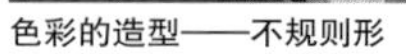
色彩的造型——不规则形

色彩的造型——不规则形

色彩的造型——不规则形

(3)色彩的变化　这里所说的变化，是指色彩自身所特有的视觉变化，光源色的变化与物质色的变化仍有不同的视觉特征。

(a)光源色的变化　光源色透明而亮泽，在影视作品中尤为多见，如在许多的影视广告、影视动画及各类环艺设计作品中运用的光源色彩效果强烈而夺目，变化细腻，层次过渡丰富，形成了绝佳的视觉效果。

光源色的变化

光源色的变化

(b)物质色彩的变化　物质色彩则趋于朴实而典雅，在现代绘画艺术中，物质色彩的表现效果也是非凡的，它在表现色彩变化的同时，也让人们触摸到了它的真实感觉。因此，许多的插画设计、效果图设计及其他的图形设计也都乐于采用这样的表现形式，它具有令人向往而有趣的视觉审美功能。

物质色彩的变化

物质色彩的变化

物质色彩的变化

(c)色度与色调的变化　色度与色调的变化属于实际设计中的运用技巧。针对不同的作品和要求，色度与色调的变化非常地考验设计师的设计水平，色度与色调运用得当，会使得作品的实际效果得到进一步的提升和加强，从而达到更高的境界。色彩的各种对比变化、色彩的层次及色彩的整体调子决定了作品的效果。

色度与色调的变化

色度与色调的变化

色度与色调的变化

(4)色彩的空间　视觉艺术是通过空间来实现的，而色彩也不例外，我们习惯于站在一定的空间里去欣赏色彩，但并没有在意于观察空间的作用。就拿一块红色来看，近距离看和远距离看是完全不一样的，至少视觉和心理感受是有差异的。灰色图形在近距离看是非常吸引人的，而拉开距离后，其色彩的感染力会逐渐减弱，这也许是许多标志和广告作品慎用灰色的原故。其他的色彩也会产生各不相同的效果。一般来说，应根据设计的空间来决定色彩的变化。在图形的设计中，设计师在考虑图形的空间视觉效果的同时，对色彩空间的考虑也是必要的。

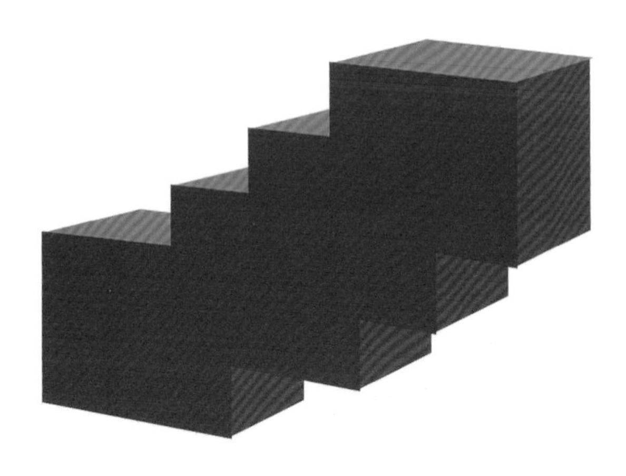

色彩空间应包括：

(a)视觉空间　所谓的视觉空间，是指我们对视觉艺术空间形态的认识和理解，无论是对图形还是色彩而言，大多强调的是空间的视觉效果，如不同的角度、不同的距离、不同的环境都会影响我们的视觉感受。有的作品适合于远距离地观看，而有的作品则是近距离欣赏的，有的作品在晚上看会比白天看更有吸引力，这种视觉上的变化体现的是不同的视觉作品所特有的艺术个性。

视觉空间

视觉空间

(b)审美空间　作为设计师而言，色彩的运用除了其他的因素外，对于色彩的审美意义也是不可忽视的，这就要考虑到色彩的运用是否能提升设计作品的审美品位。也许简单的图形在赋予了完美的色彩后会变得更加具有艺术性和欣赏性，这在标志图形的设计中最为突出，当然还要考虑色彩对于作品的受众心理和市场的实际定位的需要。

审美空间

思考与练习

①图形设计基本形式怎样分类？它们有什么表现特征？

②图形色彩的关系应如何处理才能达到更好的表现效果？

03 图形设计的色彩表现

1.图形的色彩选择

每一幅好的图形设计作品都离不开好的色彩表现，这样看来，色彩的选择至关重要，而每种色彩和色调的运用为图形作品的成功打下了基础。同样的，图形如果选择各不相同的色调来表现，则最终的风格和个性将会有所不同，在这里我们首先以具体的色调来仔细分析图形设计中由于色彩的变化所导致的视觉形式的变化。

（1）暖色的选择　图形色彩的选择很大程度上依赖于题材的需要以及图形的特征，但有时也要看设计师的创意点和表现风格的取向。暖色调常用于表现一种热情的、向上的、古朴的题材和创意，当然，暖色的表现能力远不止这些方面，它也可能表现出其他更为丰富的内容，包括焦虑、枯燥、暴力等消极的倾向。在商业类设计作品中，暖色图形更多地运用在诸如食品、餐饮、娱乐等行业中。而其他的文学艺术作品插画，暖色则可以表现某种历史和文化的底蕴。

暖色包括以下色系列：

（a）红色系列　红色系列的色彩在图形作品中应用极为广泛，包括了红色家族中的所有变化系列，如大红、朱红、深红、浅红、粉红及各种色度的红色系列，每种红色会因其色性的变化而在表现中有所不同，大红热烈奔放，粉红则温柔高雅，其他的红色也各有自己的色性和情感。以红色作为主要色调的图形作品大多在表现较为强烈的和反叛的格调，以求达到最大的视觉冲击力。

红色系列

红色系列

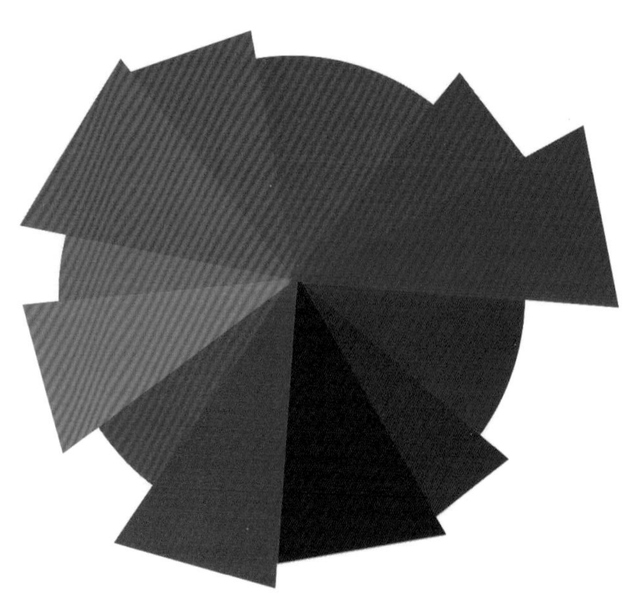

红色系列

(b)黄色系列　黄色系列的色彩显得较为华丽而高贵，色彩明亮温和，对于黄色的风格定位有很多的说法，但大多认为黄色系列的色彩适于表现高雅华贵的内容和题材。黄色系是一种较为大众化的色彩，因为人们在日常生活中常见的许多物品色彩都含有黄色的色调，如阳光、鲜花、食品等。因此在人们的心理，黄色逐渐形成了自己的视觉风格。在中国的传统中，黄色历来是象征皇族至高无上的色彩，从建筑到服装及其物品，都有着明显的特征。黄色系中，由于色度的不同变化，也会产生相应的视觉变化和心理变化，其中淡黄与中黄色度最为纯正而醒目，因而视觉效果最佳。

黄色系列

黄色系列

黄色系列

(c)褐色系列　在色彩的应用中，褐色的表现也是值得一提的，因为褐色的视觉效果显得较为朴实而稳重，属中性暖色，这对于表现那些较为典雅而高贵的作品来说，无疑是最好的选择。在古代的许多艺术作品中，褐色的色调确实留给了我们许多的启迪和灵感；在现代设计作品中，褐色的色调常运用在文化、食品、包装及广告等各个方面的领域中。褐色应该说是暖色系中最有魅力的色彩之一。

褐色系列

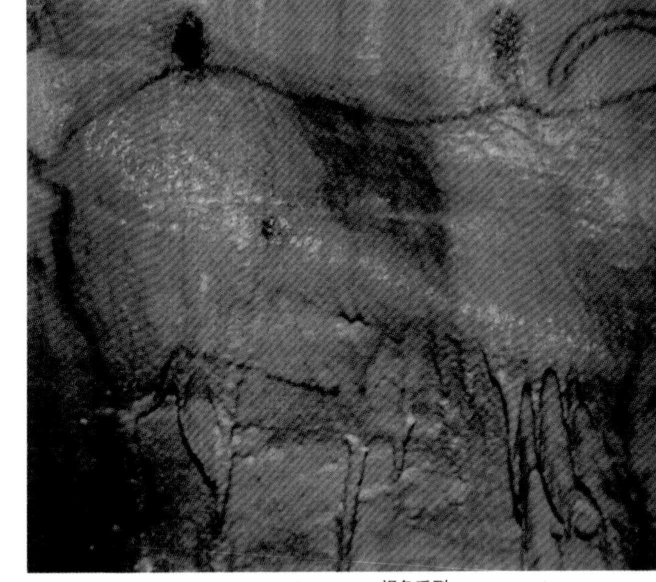

褐色系列

褐色系列

(2)冷色的选择　如果设计一幅有关环保题材的作品，那么大多数的作者可能会选择蓝、绿色调的表现形式，所以，色调的选择依然取决于设计题材和内容的需要。人们对于冷色的视觉反应，一般都易于接受，这是因为自然环境造成的，所以，有关于自然、生命、宁静、环保等题材的设计定位，冷色调色彩当然就成了首选。在现代设计作品中，冷色调常用来表现健康、环保、饮料、旅游等形式的作品设计。在插画及图案作品里，冷色调的处理手法也是很常见的，表现风格独特。

(a)蓝色系列　蓝色通常被看作最有格调的色彩，天空、海洋都是蓝色的，看到蓝色，总是能让人产生连续不断的联想和遐思，如“蓝色的梦”、“蓝色的回忆”等，这都印证了蓝色在人们印象中的美好感觉。蓝色系的色彩非常丰富，从深蓝、青蓝、湖蓝、钴蓝到浅蓝，色彩的层次和变化都很有个性。在艺术作品中，蓝色的表现着重于自然与心灵的和谐，蓝色的艺术品位是非常独特的。

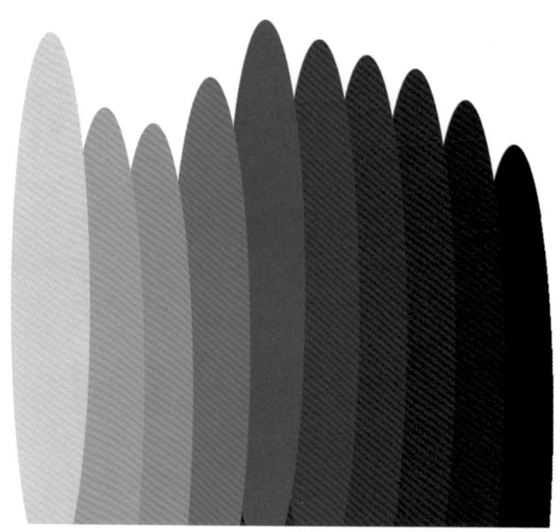
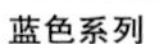
蓝色系列

蓝色系列

蓝色系列

(b)绿色系列　绿色象征着生命及希望，他给人们带来新的气息，在大自然那绿色的怀抱中，我们知道了绿色的真正魅力。绿色的变化也是非常丰富的，从青绿、草绿、浅绿、粉绿到各种层次的绿色，足可以构成一幅幅美丽的画卷。在图形设计作品中，绿色的使用大多是用来表现诸如环保、健康、和平等题材和内容。绿色以自己的独特风格和面貌，已广泛地运用于更多的作品中。

绿色系列

绿色系列

绿色系列

（c）紫色系列　紫色系列很容易让人们联想到美丽的玫瑰花、醇香的葡萄酒以及动人的爱情故事。紫色属于较为高贵和略显神秘的色彩。紫色的运用有不同的争议，有的人并不喜欢这种色彩，因为紫色总有一点苦涩的味道和感觉。但这并不重要，关键是在运用这一色彩的时候要针对适合的题材来考虑，只要运用得当，效果是非常美妙而理想的。紫色介于红色与蓝色之间，与这两者结合来用，效果会很协调；如与黄橙色结合来用，可形成对比的效果；应慎重选择与绿色的结合使用。

紫色系列

紫色系列

紫色系列

（3）补色的选择　为了追求强烈的视觉效应，设计师有时会采用对比较为明显的色彩效果来表现其作品，补色自然就成了选择的目标，特别对于那些在感观上要求明显的广告宣传、标识产品的设计尤为重要。红与绿、黄与紫、蓝与橙等主要的补色系列，在设计中经常出现，形成了系统的组色关系，各组色之间，既相互对比，又相互平衡，设计师往往通过调整作品中的色度、色面积，以及图形的结构来使之更具理想的视觉效果。补色的运用与选择，需要设计师更具理性和胆略。

（a）红绿系列　红、绿色彩的补色关系，在色彩的运用中也颇为常见，它们既代表了冷暖色之间的对比关系，同时也代表了色性不同而引起的视觉排斥关系。在设计作品的运用中，如何巧妙地运用这一关系是非常重要的。通过对比来表现作品的图形效果或者图形空间，两种色彩之间既能相互对比，也能相互制约，从而形成某种绝妙的视觉效果。不过补色的运用不应在某些温和的题材和典雅的图形中出现。

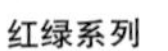

红绿系列

红绿系列

红绿系列

(b)黄紫系列　黄、紫色彩之间的对比关系在色彩的原理中与其他的补色基本一致，但在实际的运用中却又有着自身的视觉效果和色彩语言。黄色明亮而透明，紫色则深沉而黯淡，风格各异，相互制衡也相互衬托，从而达到更好的视觉效果。一般都以黄色为主，紫色为辅，因为前者更易突出和表现。

黄紫系列

黄紫系列

黄紫系列

（4）灰色的选择　在色彩的各系统中，灰色的系列占有其特别的地位，灰色的概念涉及所有色系。灰色并不单指纯灰色，灰色是在不断地变化着的色彩，它的色度应视其他色的色度来决定。如相同的色彩在其纯度逐渐减弱的情况下，灰色的倾向就会更加明显。在图形的设计中，灰色一般被用来表现较为和谐的作品形式，或与彩度较高的色彩来进行搭配使用，这在广告影视中的汽车、文化、历史等画面中是很有品位的，许多的装饰绘画、装饰图案也有上佳的表现。

（a）纯灰系列　灰色系列色彩指的是由黑、白色彩相调和而得出的色性很弱的色彩，或者是由多种色彩复合调配得出的色彩，纯灰色彩在很大程度上让视觉几乎感觉不到其色彩的任何倾向和变化。极其微弱的色性使得灰色在某些作品中可以达到别具特色的表现风格，特别适合于低调的题材和内容。

纯灰系列

纯灰系列

纯灰系列

(b)灰性色系列　可能由于作品的需要，有时候我们不得不使用偏灰色彩来表现某些特定的图形和画面，希望可以达到我们所预期的视觉效果。通常来说，表现那些较为古老或者淡雅的色调使用灰性色是再合适不过了，这些色彩我们在装饰画及图案作品中是非常多见的，如灰褐色、灰绿色、灰紫色等，都是极具表现力的色彩。

灰性色系列

灰性色系列

灰性色系列

(5)色度的选择　同样一件设计作品，由于色度变化的不同，视觉效果截然不同。纯度、明度较高的图形作品，其视觉感知力也相对较高，受众群体更广泛；低明度和低纯度的色调视觉效果明显偏弱。我们可以将两组色度不同的图形放在一起，可以比较出它们之间的色彩影响力。色度的最终选择，当然需要根据设计定位来表现，在标识及广告作品中，色度的选择和调整极为重要，因为好的色彩搭配，可以为商品和企业创造出良好的品牌形象。其他的设计作品也需要以完美的色度来进行表达，增强作品的艺术感染力。

(a)高色度系列　色度的选择需要对作品的预期效果有一个准确的判断，这是很必要的。高色度的特点是鲜艳明快，色彩靓丽是它的主要风格。它所表现的范围和定位是有一定讲究的，并不是所有的作品都符合高色度的色彩，从设计的具体要求来看，高明度、高纯度的色彩主要适合于表现那些较为张扬、活泼跳跃的画面，这样可能会得到更加醒目而刺激的效果。如在许多的饮料饮品广告、体育招贴、儿童用品及读物中，我们会常常发现高色度色彩的奇妙作用。

高色度系列

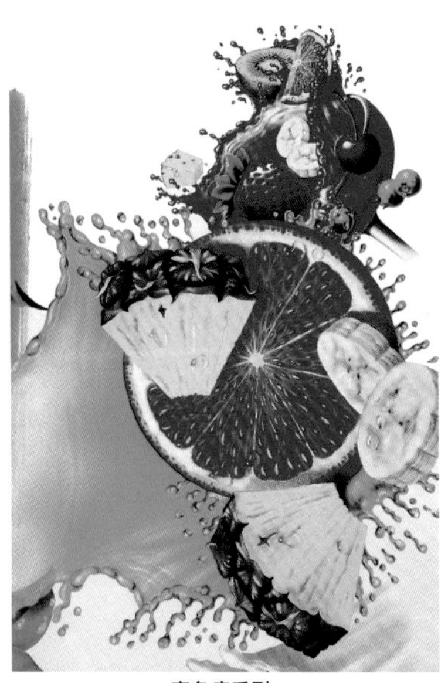

高色度系列

高色度系列

(b)中色度系列　中色度是指那些介于高色度与低色度之间的色彩。在色彩的调和与对比中，中度色彩的特征往往表现为色彩的均衡性与稳定性，从视觉的角度来看，中度色彩的表现能力是极为广泛的，因而它是宽容的和大众化的。中度色彩在使用中，主要是强调色彩的谐调性，让画面形成稳定的视觉效果。这在许多的装饰画、包装装潢、插图作品中都很常见。

中色度系列

中色度系列

中色度系列

(c)低色度系列　这里指的是低纯度、低明度的色彩，由于色彩的色度较低，因而这类色彩的表现风格当然就大有不同了。在表现那些较为古朴、低调和诙谐的作品时，使用色度较低的色彩就比较合适了。低色度色彩在使用中比较容易掌握和适应，只要将色彩的层次及主次关系处理好就行了。他还可以在色彩的相互调和中起到积极的作用。

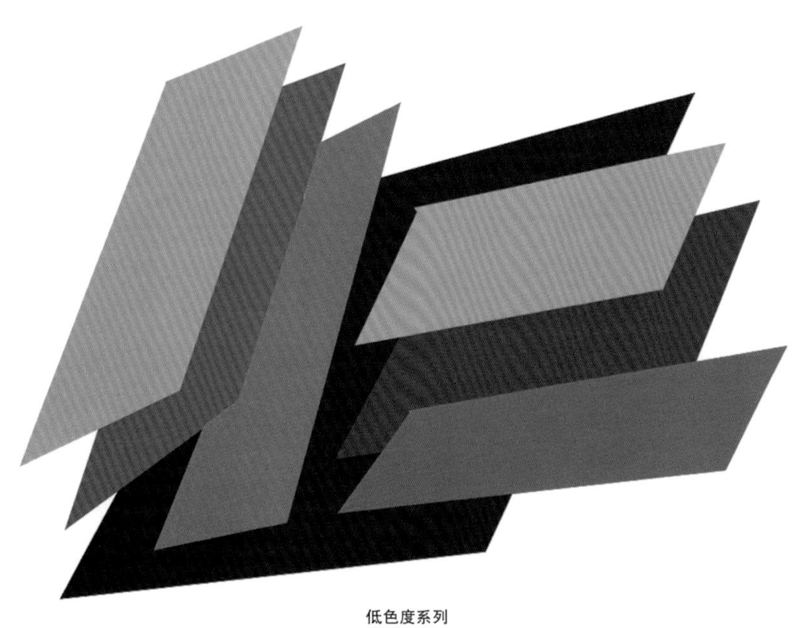

低色度系列

低色度系列

低色度系列

(6)情感的选择　针对于设计作品中可能出现的特殊要求，如作品的心理定位、地区定位、民族定位、宗教定位等影响，需要设计师调整设计的思路，结合特定的目的来运用色彩，使之符合设计的整体特征。为出口商品设计的作品与为国内商品设计的作品应有一定的区别；为企业设计的标志和为商品设计的标志也应有所不同；在插画图形和图案设计中，也应作出符合题材的色彩选择，增加图形创意广度，以色彩来丰富图形的设计内涵。

(a)感性选择　人们刚开始接触色彩的时候一般都是很感性的，红是红，蓝是蓝，一点都不含糊，看到什么色就是什么色，极为感性和直接，不需要太多的思考。在现代艺术中，许多表现主义和抽象主义画家就是凭着感性来画画和创作的，设计作品中也有许多这方面的表现形式。感性色彩更多的是追求激情与豪放的表现目的。

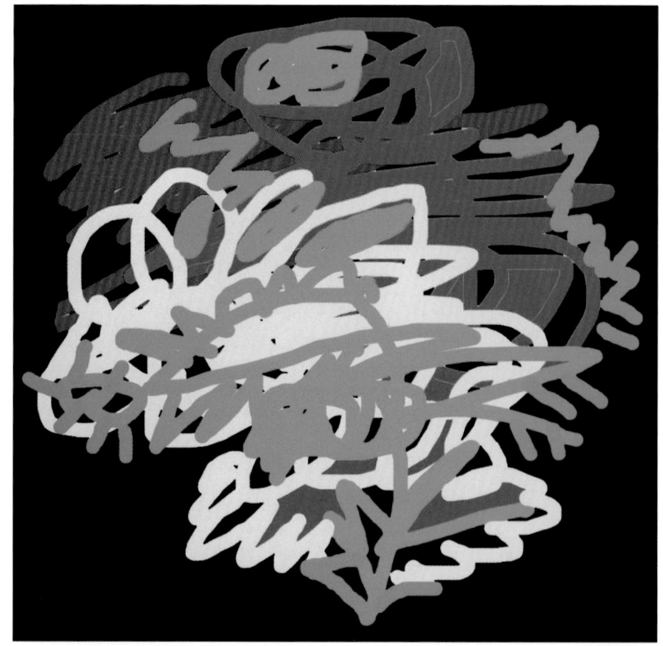

感性选择

感性选择

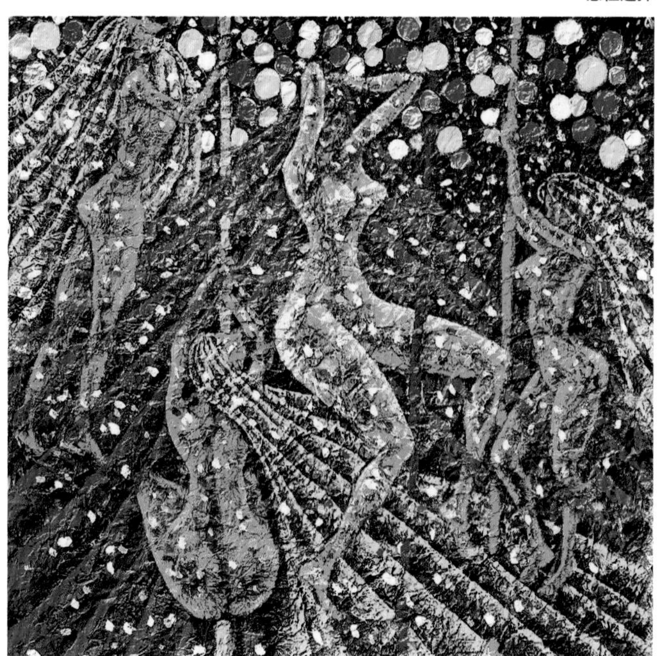

感性选择

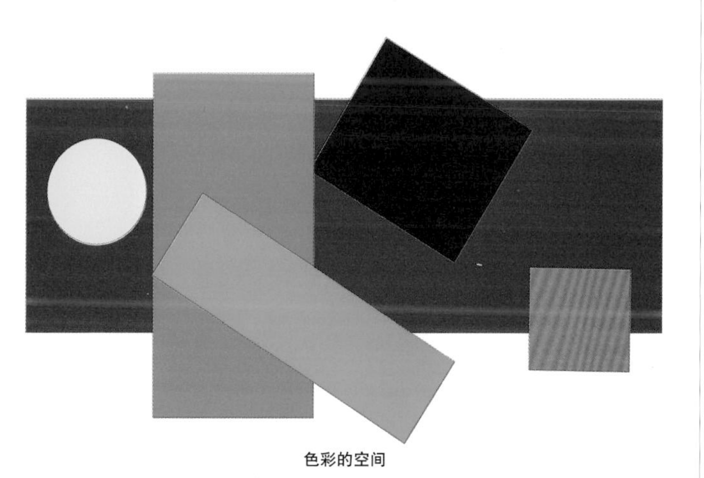

色彩的空间

(b)理性选择　理性的色彩初看起来显得较为保守，但理性的色彩却很有内涵，因为许多的作者在选择色彩的时候会对所选色彩进行多方面的思考与对比，总是希望色彩的表现能在最大的程度上得到最好的效果。因此，我们在欣赏这类作品时，必须认真地去看和分析，你会发现许多作品在色彩的运用上表现得非常出色。

理性选择

色彩的空间

理性选择

理性选择

2.图形的色彩补偿

这里说的色彩补偿，意指色彩对图形的视觉调整。图形与色彩之间相互调整与变化，将可以更好地解决图形与色彩个体间所不能解决的问题。色彩在图形中的运用，极好地帮助了原来黑白图形所不能达到的视觉表现力，使图形更加视觉化、艺术化。

（1）视觉的补偿　在图形的整体创意和设计中，图形和色彩两者的相互关系往往是设计者必须首先考虑的问题，图形本身注重的是创意和内涵，而色彩的使用则是考虑图形的视觉效果和审美特性，两者结合，互为补偿，图形不仅是图形，色彩不仅是色彩，使图形设计更具理性和艺术视觉性。在人们的欣赏习惯中，对图形作品艺术性的定位，一般都是以色彩的表现来作判断的，无论是那一类设计作品，最终的视觉效果仍然取决于其对色彩的运用和表现，但在最初的阶段，好的图形的设计方案是必不可缺的。

视觉补偿

视觉补偿

视觉补偿

视觉补偿

(2)空间的补偿　图形的色彩空间设计包括两个方面的内容，一个是作品本身的色彩空间设计，另一个是图形色彩的视觉空间设计。首先，在图形的设计过程中，我们除了着重考虑创意的手段外，还要考虑图形的表现效果，其中图形的色彩空间非常重要，采用怎样的色彩才能表现出最佳的视觉空间是需要多加研究的。不同的图形对于空间的要求是有差异的，如采用高纯度的色彩来表现广告及标识作品，其实就是为了尽可能地拉近视觉的空间，使受众群体能更快地、更明确地接受这一设计形式。其二，在单个图形设计中，采用具有空间形式的图形和色彩设计可以使作品的表现效果更加突出和醒目，如有立体或多维空间效果的造型形式。

形态空间的补偿

透视空间的补偿

虚拟空间的补偿

（3）造型的补偿　在进行图形设计的过程中，色彩对于图形的造型会起到相当的作用，表现图形时，色彩的运用促进和补偿了单一图形色彩所不能达到的视觉效果。如我们常用的色彩渐变表现、色彩的喷绘表现等特殊技法，很大程度上弥补了平面图形在造型上所不能达到的视觉效果，丰富了图形的层次，加强了图形的视觉欣赏空间。在刚开始图形构思时，我们对于图形的色彩表现也常给予了很大的期望和热情，因为任何的色彩表现都会使图形更加完美和令人激动。尤其对于各种插画和装饰图形来说，表现的过程才是最重要的。

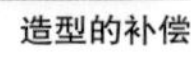
造型的补偿

造型的补偿

造型的补偿

(4)心理的补偿　心理的补偿是视觉作品中常见的手法之一，人们对于色彩效果不好的图形一般会很反感和厌烦，直至抵触，因此，色彩的运用变得非常的重要和突出。由于人们的视觉对色彩的要求是很复杂的，不同的人群对色彩有不同的需求和爱好，审美习惯的差异也导致了对设计风格的变化，从这一观点来看，如何采用更好的色彩方案来弥补设计中出现的心理误差，这是值得研究的学问。

心理的补偿

心理的补偿

心理的补偿

3.图形的色彩创意

图形的色彩表现从某种意义上来说是图形创意的视觉形式，由色彩来给图形以更多、更广泛的视觉感知力。如何运用色彩来体现图形的内涵，完善图形的视觉功能，对设计师的审美能力来说是一种难得的考验。

（1）主导形创意　在图形的设计阶段，设计者有意重点突出色彩的表现效果，强调色彩的主体作用，力求用色彩来解决整个图形的视觉定位。如许多的抽象和肌理表现形式，以不规则的色彩图形来表达特殊的视觉现象，动感十足，跳跃眼间，形中有色，色中有形，现代意识非常强烈。近年来许多的体育竞赛、文艺活动、商业标志、艺术插画等形式的作品都惯于采用这一表现手法。

主导形创意

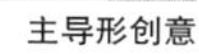

主导形创意

主导形创意

(2)辅助形创意　大多数的图形作品设计依然习惯于以图形表现为主、色彩表现为辅的思维方式，认为图形的创意要重于色彩的表现，只是在最后的阶段才将色彩的效果考虑进去，这种观点并没有错误，针对有些比较强调图形意识的作品设计确实是有效的，如字体图形设计、写实图形设计等目的性明确的作品。

辅助形创意

辅助形创意

辅助形创意

(3)相互形创意　表示在设计中图形与色彩之间的关系有着较为密切的联系。图形创意需要色彩的表现才能得到最好的效果，色彩也是在图形的变化中更加完美。在类似的作品中，表现的手法和技巧相对严谨，设计的定位比较明确，图形创意、色彩效果、构图与空间表现都比较恰当和完整，在插画及装饰画作品中尤为明显。

相互形创意

相互形创意

相互形创意

4. 图形的色彩技法

在图形与色彩的表现中，视觉的因素非常重要，某些图形色彩的表现需要通过特定的表现技法来实现。技法中的各种表现手法增加了平面图形的视觉感知力，特别是一些较为简洁的图形作品，通过技法的相应处理后，产生了意想不到的效果。有许多图形作品的设计，设计师更为看重的是特殊的表现手法和技巧。

(1)平面形技法　是平面设计中最为常见的表现手法，几乎包含了广告、包装、插画、标识等设计门类。这里所说的平面形技法，是指设计师在平面的形态下所进行的设计活动，如在纸面上、在平板上以及在各种不同形式的平面体上所进行的设计活动。表现的形式一般是以点、线、面等设计语言来表达图形的创意，虽然在实体上是平面的形态，但其所表现的却是视觉上的无限空间和层次，好的平面色彩和图形在视觉和技法上往往会产生“出奇制胜”的效果。

平面形技法

平面形技法

平面形技法

(2)材质形技法　在基础阶段的学习中，我们学会了如何运用各种材质去表现图形的效果，这样的练习给了我们许多的启发和灵感。在后现代的艺术作品中，挖掘和利用材料的特性去表现创意成了许多画家追求的目标。新技术与新材料的不断出现，同样也给设计师提供了更多更广泛的发挥想象力的空间。在科技高度发达的今天，设计师们利用电脑设计的优势，利用许多具有特殊性质的材料来组成别有情趣的构图和画面，以形成自己设计的风格。

材质形技法

材质形技法

材质形技法

材质形技法

（3）综合形技法　综合形的技法需要设计师具有较好的表现意识和审美意识。色彩和图形的表现形式是多元化的，成功的途径很多，有时平面的效果最佳，但有时材质的表现却更有说服力，或许两者都需要。综合形式的运用在视觉意识中意义深长，分别可以代表设计作品的特殊目的和定位。在现代设计活动中，思维敏捷的设计师总是能把握住设计的最好环节。

综合形技法

综合形技法

综合形技法

思考与练习

①图形色彩选择是如何影响图形设计的视觉效果？
②用自己的观点论述色彩对图形的视觉补偿作用。
③色彩在创意图形中能起到怎样的影响和作用。

04 图形设计的色彩文化

创意理念

1.现代设计观念的影响

由于经济和社会的高速发展，设计领域观念的改变也在所难免，为了适应时代要求，观念的不断更新对设计师来说是必须的，只有善于调整自己的设计师，才有可能在社会发展的进程中赢得机会和空间。在图形设计方面，现代的设计手法与过去的手法已有所不同，以前的图形作品更重视和强调造型的设计，而现代的作品则更看重设计的形式和创意，以及色彩在其中所起的至关重要的作用。下面，我们通过一些具体的例子来加以阐述和分析。

（1）创意理念　图形设计作品的灵魂在于其创意的效果，图形本身表现创意的构思和定位，而色彩则注重表现视觉效果的艺术风格和审美取向。没有创意的图形自然没有足够的文化内涵和设计理念可言，同样的理由，没有色彩的图形就不可能体现真正的艺术价值和视觉欣赏功能。图形是形式，色彩是语言，色彩的语言具有较强的视觉个性。如果一个设计方案没有独特的色彩创意和表现方式，那这样的方案不可能获得大众的认可，自然也就不可能达到设计的目的和效果。我们看到的许多优秀图形作品，在色彩的表现和运用方面匠心独运，表现形式多样化，为图形的整体艺术风格起到了烘托的作用。

创意理念

创意理念

创意理念

（2）表现理念　设计作品的最终目的是力求表现出设计的理念，也就是作品的设计观念与思维形式的切入点，设计专业的变化在很大程度上取决于社会的经济技术的发展和生活水平的提高，只有在此前提下，设计观念的转变才有实质性的效果。许多工业产品的设计作品表现的是概念性的思维，代表着未来的设计趋势；服装设计中流行色的发布，预示着设计风格的转变和潮流；而现代多媒体的应用，不仅告别了以前手工操作的低效率的工作方式，更为图形设计提供了一个极为广阔的设计平台，让设计师的思维得以自由的拓展，从而促使设计观念的快速转变。

表现理念

表现理念

表现理念

表现理念

（3）文化理念　设计师设计作品风格的形成，体现了文化理念在其中的作用和影响。图形色彩的变化在不同的国家和地区风格各异，如日本的图形设计作品在色彩的运用上明显体现出淡雅而细致的表现风格，虽然日本设计师在吸取外来文化方面有着很好的经验，但作为日本文化的一部分，保留自己的审美价值观仍然是必须的。欧美的设计风格历来被认为是前卫而经典的，因为他们有着极为丰富的文化和艺术积淀，从文艺复兴到工业革命，一直以来都在影响着世界的文化与艺术的发展。当然，设计也不例外，包豪斯的设计理念造就了一大批现代优秀的设计师，所以，在欧美的设计作品中，典雅而奔放的色调表现、严谨而前卫的设计风格，为现代设计的发展作出了很大的贡献，成为现代设计的楷模。

文化理念

文化理念

文化理念

2.现代绘画艺术的影响

现代设计的发展较之于绘画艺术来说起步要晚，在中国，早期的设计专业基本上是从绘画专业中分离出来的，时至今日，这种现状依然存在。在人们的观念中，设计专业只是绘画专业中的一个分支，这样的观点导致了在部分设计作品中绘画艺术的各种影响非常明显。这些影响的后果有消极的一面也有积极的一面，消极的一面是设计风格的同质化和思维形式的简单化，作品缺乏设计的创意与个性；积极的一面是可以从绘画艺术中学习和借鉴绘画的造型、构图、色彩以及表现的技法等有益的内容，而绘画艺术中所蕴含的历史文化对于设计师来说是必须了解和学习的。

(1)写实风格的影响　绘画艺术中的写实风格作品极为常见，特别是西方艺术中，写实绘画风格一直是备受推崇的，如意大利文艺复兴时期的许多大师的绘画和雕塑作品，就体现了西方艺术与文化的价值观念。在现代设计作品中，写实手法的运用在某种意义上受到绘画影响的可能性依然存在，写实风格的手法可以产生较为直接的视觉效应，让人们直接面对真实的生活和真实的感受。无论是广告图形还是插画图形，写实的表现手法在很大程度上是一种较为明智的选择，如现代超写实绘画，在设计中就很常用。而色彩的写实表现为这一形式的运用应该说是必不可少的手段。

写实风格的影响

写实风格的影响

写实风格的影响

写实风格的影响

（2）印象风格的影响　现代绘画艺术中，写实风格与印象风格代表着两种不同的绘画体系，也称画派。印象画派的产生多少带有反传统的意识和态度，不过从审美价值的角度来看，更具个性和创新精神，特别是其对于色彩理论的贡献极其伟大，它将色彩的定义提升到了一个更高的层面。印象艺术的产生，对设计观念的影响是很深远的，在造型方面，印象的表现形式突出了画家在造型观念和思维形式方面的个性形态；在色彩方面，更是追求一种高度视觉化的效果，不拘泥于自然的和写实的手法，而更注重于色彩的张扬和自我表现，这与专业设计有异曲同工之处。设计作品中，独到的创意和张扬的色彩往往是设计师们刻意追求的效果，没有个性的创意和张扬的色彩表现，作品是不可能成功的。

印象风格的影响

印象风格的影响

印象风格的影响

印象风格的影响

（3）表现主义风格的影响　表现主义的出现，有着划时代的意义，波普艺术、达达艺术以及后现代艺术的许多画家，都致力于通过某种特殊的形式来表达自身的艺术观和价值观。表现主义大多以某种反常规的手法来表现自己，不惜利用各种手法、各种材料来达到表现自己的目的，所以，他们的作品中有许多不能让人理解的因素，荒诞而且无序，但从设计的角度来看，这种荒诞和无序可能蕴含着某些创意的源点和因素。我们在图形设计中，表现创意的冲动无时不在，为达到设计的目的而绞尽脑汁。表现主义的实质在设计师的脑子里也许更为突出，只是稍有区别而已。由于设计定位的不同，表现的风格总体是为设计的目的而服务的。

表现主义风格的影响

表现主义风格的影响

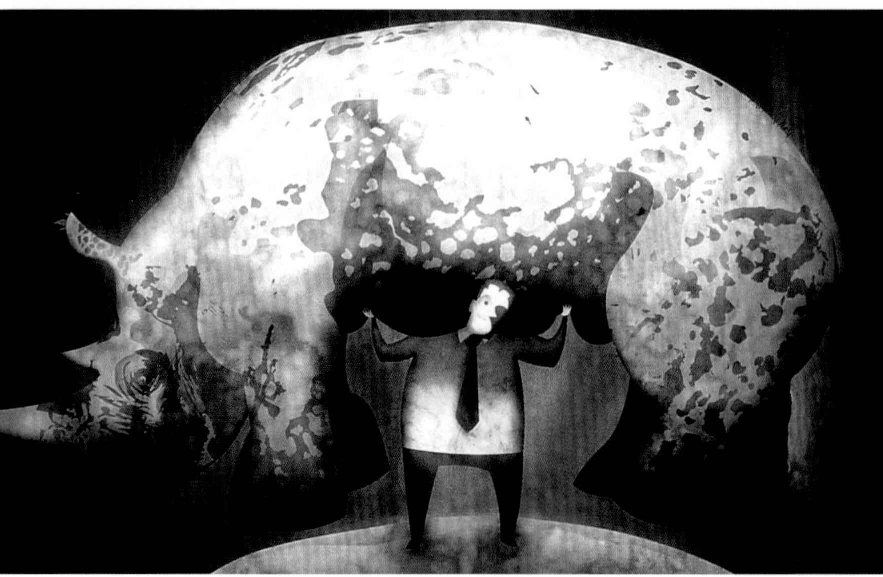

表现主义风格的影响

表现主义风格的影响

3.传统民族艺术的影响

我们常常提到“民族的也是世界的”，其实，在艺术和设计领域里，提倡自己的民族风格应无可厚非，我们每一个人都生活在不同的环境里，接受不同的文化艺术教育，自然对自己的思想和观念有着不同的看法与理解，反映在艺术作品中那自然是可以理解的。在我们所看到的世界各国的设计作品中，常常可以发现许多的作品确实融入了明显的民族文化与地区特色的成分，使其彰显独特的个性与品位。再则，艺术家往往习惯于将情感宣泄于自己的作品里，表达自己的人生观和价值观。设计师也无可避免地受到这一因素的影响，加上设计作品的定位要求，如设计的地区、设计的客户、设计的产品等目的，所有这些都表明了各种传统民族艺术对设计风格的影响还是存在的，有些是明显的。

(1)传统艺术的影响　传统的文化与艺术往往构成了一个国家或一个地区的主流文化艺术风格，在主流意识的影响下，设计观念和设计思维也会受到相应的影响。这样，在设计作品中，为了形成作品特有的文化内涵，设计师采取的必要手法就是融入相应的传统或民族性的图形和文字来加以设计，当然不是盲目照搬照抄的，而是利用其文化和艺术特性进行表现，因此，我们看到的所谓作品的风格往往是由象征性的、符号形式的、内在的语言所构成的。传统艺术的色彩表现会根据年代及作品内容的不同而有所不同，色彩大多较为古朴和典雅，因此，当我们看到类似的色调在设计作品中出现的时候，都会产生这样的看法：作品在表现传统的风格或具有传统文化的内涵意义。在中国现代设计作品中，利用这种表现形式的作品很多，如敦煌艺术、国画艺术和民间艺术的语言随处可见。日本现代设计也非常注重体现自己国家的民族特色，色彩明快而柔和，色块简洁而大方，体现了东方民族艺术的个性和风格。在高科技与高技术背景影响下的西方设计，其地区性的特色依然明显，作品中的色彩表现总是蕴含着西方艺术与文化的价值取向，脱离不了西方艺术中的严谨与科学的精神。

传统艺术的影响(中国)

传统艺术的影响(日本)

传统艺术的影响(欧洲)

传统艺术的影响(埃及)

传统艺术的影响(中国)

传统艺术的影响(欧洲)

(2)民间艺术的影响　朴拙、单纯的表现形式是民间艺术的主要表征，看似简单的造型，在赋予了鲜艳而明快的色彩以后，其艺术性和欣赏性跃然而升。民间艺术作品中色彩的大胆运用，主要得益于民间艺人单纯而感性的表现思维，他们没有受过专业的训练，他们所设计的作品主要取材于身边及生活中的景物，通过作品来表达他们对生活的认识和理解。如民间艺术作品中红色与绿色的经常使用，表明了这两种色彩在他们的生活中的重要性；在北方民族地区的剪纸作品中，几乎全用红色来制作，特别在节庆的氛围上，红色更为突出。绿色的感受一般来源于自然的启发和影响，由于这两种色彩的对比性较强，在视觉效果上会更加引人注目，民间绘画作品就特别善于利用这一特性，从而形成了自己的艺术风格。民间艺术，包括土著艺术，喜欢色彩高对比性的表现形式，以求达到更加明显的文化及宗教特性。在现代设计作品中，趋向于这一风格的作品不少，确实有很强的文化和艺术品位。中国是一个多民族的国家，每一个民族都有自己的文化与艺术，这些文化与艺术是我们研究民间和民族艺术发展必不可少的资料来源。

民间艺术的影响

民间艺术的影响

民间艺术的影响

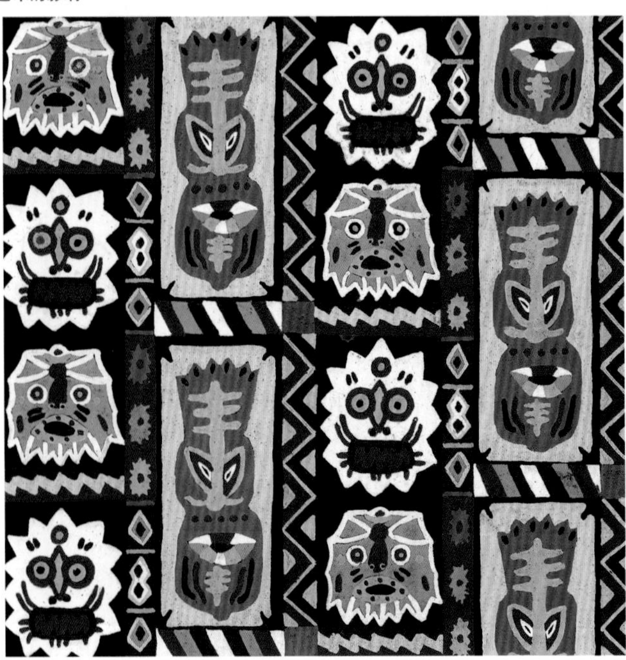
民间艺术的影响

民间艺术的影响

民间艺术的影响

民间艺术的影响

（3）宗教艺术的影响　神秘而庄重的表现形式是宗教艺术的重要特征，世界上的三大宗教基督教、伊斯兰教、佛教以及其他的宗教艺术形式确实在影响着设计的形式和风格。在西方社会中，基督教与天主教是两个较大的宗教，宗教精神与宗教文化在多个世纪以来是他们生活中重要的组成部分，我们可以从西方的绘画和建筑艺术中感觉到这一点。在西方现代设计作品中，虽然设计风格变化很大，但设计作品中所提倡的是对人性的关怀与尊重，体现的是为人而设计的最终目的和要求。从色彩的角度来看，宗教艺术的影响主要表现在利用宗教艺术中那种斑斓而神秘的色彩来表现作品的视觉效果，提升作品的文化及艺术品位。伊斯兰教艺术的影响我们可以从中东地区的陶瓷艺术及织毯艺术中去发现，色彩的表现受宗教文化的影响是非常明显的，古朴而典雅，风格凝重，但却很华丽。东方艺术多受佛教艺术的影响，亚洲的多个国家信奉佛教，尤其是印度、泰国等南亚国家，影响更为明显。中国也是一个受到佛教艺术影响较为明显的国家，中国的敦煌艺术就是一个典型的例子，由于其色彩运用及表现非常有个性，色度典雅而庄重，为后来的艺术家们广为赞赏和运用。在设计艺术中，敦煌色彩的运用也为作品注入了新的文化、艺术内涵。

宗教艺术的影响（欧洲）

宗教艺术的影响（泰国）

宗教艺术的影响（西藏）

宗教艺术的影响(泰国)

思考与练习

①为什么在不同的国家和地区会产生不同的设计风格,这和设计的文化有联系吗?

②设计色彩也有文化的影响和内涵吗?

05 图形设计色彩实例欣赏

1.现代图形设计教学作品欣赏与点评

在现代设计作品中，图形设计作品占有很大的比例，而且也是最为重要的组成部分。在我国各种现代平面设计作品中，图形的设计创意与运用，大大地提升了设计作品的艺术性和欣赏性以及作品的品位。纵观国内及港、澳、台地区的设计作品，各种表现风格及形式非常丰富，体现了设计师们匠心独运的设计理念，在这些设计作品中，图形的表现与创意增强了整体作品的视觉感染力。从众多的大师作品中我们可以发现，对图形的创意来自于各种灵感和启发，有的来源于文化的启迪，有的来源于瞬间的灵感，而有的则来自于经验的积累。在图形色彩设计方面，国内许多的设计师也有着自己的色彩理念，但受本土文化与思想观念的影响很明显，中国的传统及民间色彩的运用，在许多的国内设计师的作品中依然可见。虽然作品的定位会影响色彩的实际视觉效果，但设计师主导性的色彩感觉和表现欲望可能会促使色彩的最终完美并可以形成自己的设计风格。因此，我们在欣赏这些作品的时候往往会产生许多的问题和想法，这也是我们为什么要去学习和研究的原因。

基础色彩的训练必不可少，由于色彩的表现有着极为丰富的变化及表现形式，开始时从一般性的静物体进行创作，可以帮助设计者对色彩的认识进一步概括和理性化。

此类基础练习还需强调对形体、构图、色调变化进行更细致的调整，有必要时可以加以夸张和补充，以达到更理想的效果。

图形的色彩变化往往能给予创意更多的遐想空间。这几幅图形的最大特点是创意与色彩和谐统一，层次分明，很有意境。

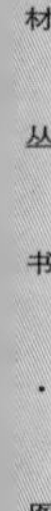

学生作品。通过这样的形式进行色彩训练，学生的色彩意识得到了强化，为将来从事专业设计打下了基础。

李绍渊作品

李绍渊作品

装饰画作品

装饰画作品

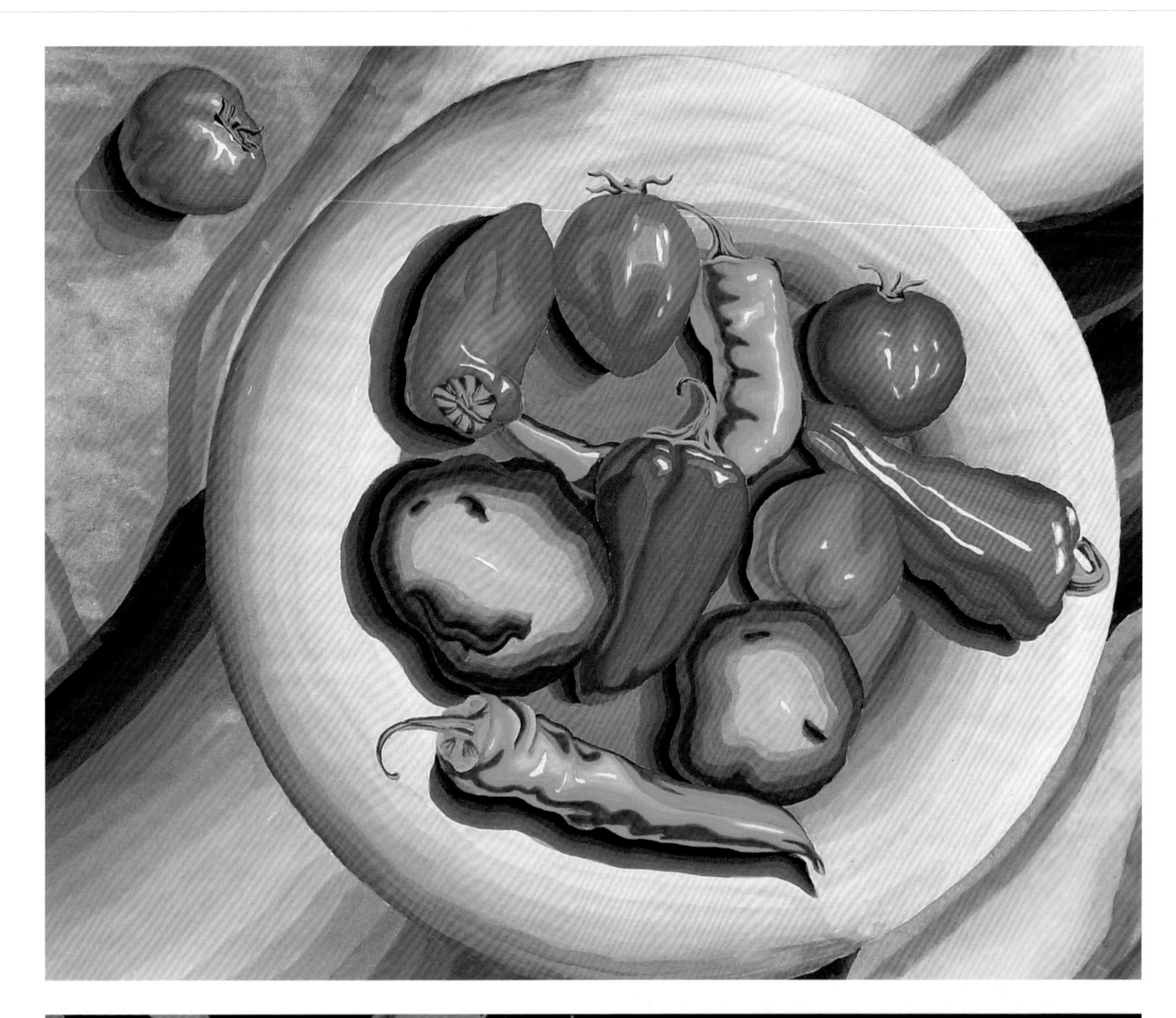

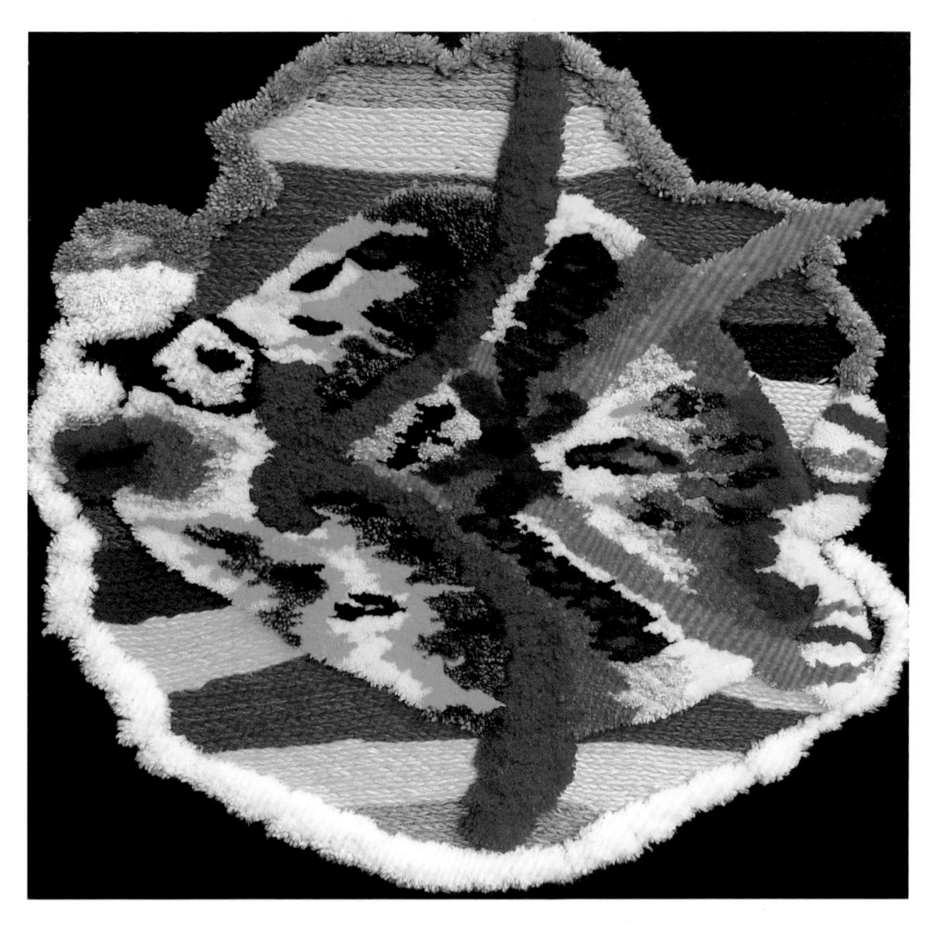

用不同的表现形式，从不同的色调、不同的角度，对图形高度概括，使人视觉清新，体现了设计色彩运用的绝妙境界。

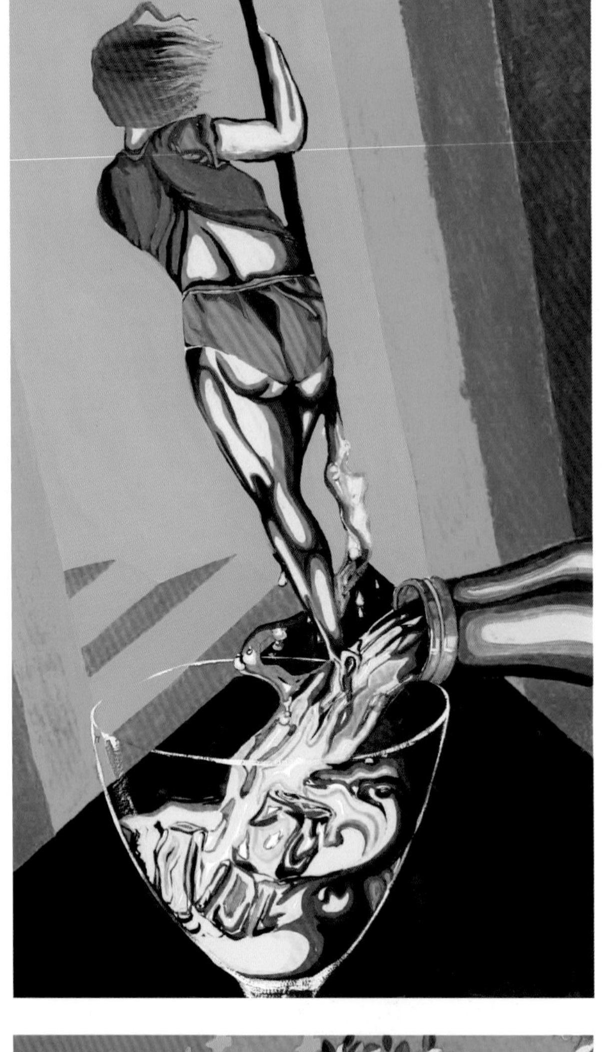

卡通创意图形除了强调形体造型的个性化外，也十分注重色彩表现效果的个性化，不同的形象要求有不同的色彩情调，这样才能产生更好的视觉效果。

装饰图形的表现更依赖于色彩的变化，这几幅猴子图形的装饰在色彩的表现形式中充满情趣，百看不厌。

本书图片除署名者外，由以下作者提供：

林玉婷　谭淑秀　何冬兰　李芬芬
杨　靖　陆　超　陈霖霖　罗铮铮
韦竞翔　贺　伟　李昆霖　姚　熙
黄　莉　李　虹　杨　娟　苏羽凌
程　阳　黄　臻　邓海贝　谢文婉
韦　贝　韦　虎　黄敬芳　程　艮
房军祥　吴迪柳　魏丰盈　王雯雯
梁　艺　许佩琳　周庭英　唐力方
李翼波　奚电印　罗丽焕　潘　愿
黄　文　陈　芳　方元辉　陈成华
黄文谦　谭文静　韩　晶　冯希静
邓颖虹　黎丁菱　韦　敏　贺　伟
陈夏嫦　周　晗　初大伟　梁丽英
宁羡连　陈　琴　黄玲妮　黄敬芳
王　兀　黄海韬　唐　嗣　潘益涛
陈光盈　白　桦　农山山　梁欣瑶
卢小杉　陈建慧　陆锦梅　孙美凤
李　说　叶龙波　张　诚　张　洁
古佳永　农白云　谢江琪　高　璇
刘　琦　黄舒媛　何　宽　陈　旻
刘学利　覃晓慧　许佩琳　陶冰玲
隆玉海　贺江奕　唐　洁　李　阳
何　莎　甘玲玲　吴荣斌　翁素馨
黎桂锋　欧凤勇　赵崇琛　韦　靖
冷嘉倩　韦锦业　余　航　周渊博
阳　昀　张　琨　吴　广　罗　渊
黄露莎　黄　敏　吕敏桦　周　毅
李　璇　潘　佩　韦　燕　蒋　叠

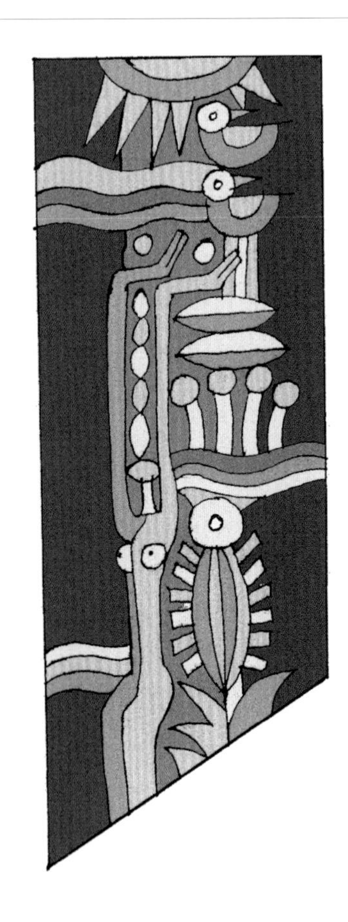

个体与局部的练习体现了设计者对色彩和形体的把握，有时越简单的图形就越难表现，这两幅图形虽然形体简练但色彩的表现却十分到位，色泽细致耐人寻味。

什么時候才見我的公主呢?

龚纪英

龚纪英

龚纪英

龚纪英

陆霞　陆霞　罗和平

范振春　范振春　范振春

陈歆

电脑的世界总是令人神往而着迷。以上作品是广西艺术学院设计系同学的图形喷绘作品，色彩明快、造型活泼，使我们感受到了他们学习、生活的快乐以及对未来的憧憬。

李华

谭人笙

谭人笙

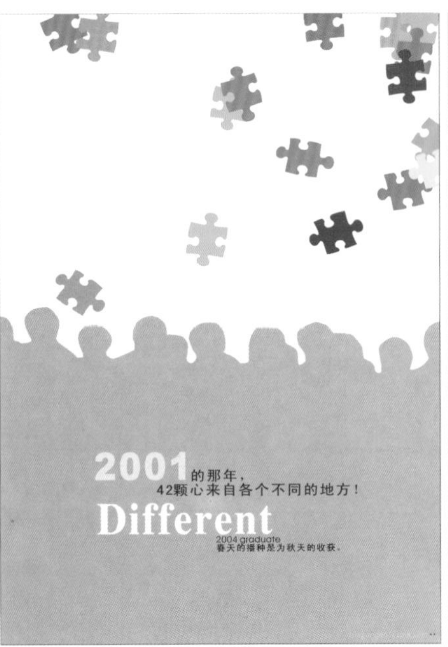

邓燕萍

在具体的运用中，加入一定的专业设计元素，给人以一种更新的视角。看来，图形的色彩表现给人的感受要比作品本身要深得多。

李华

李华

这两幅喷绘作品巧妙地运用了中国线描人物的表现风格，加以现代电脑表现的灵活万变，传统中又给人以意想不到的清新韵味。

Post
-Romantic
OEFICIEI
MZNE FOR TOU

CHINA ELLE
www.ellechina.com
lemaquis

ROSAMINUCCL
米奴仙

文鹏

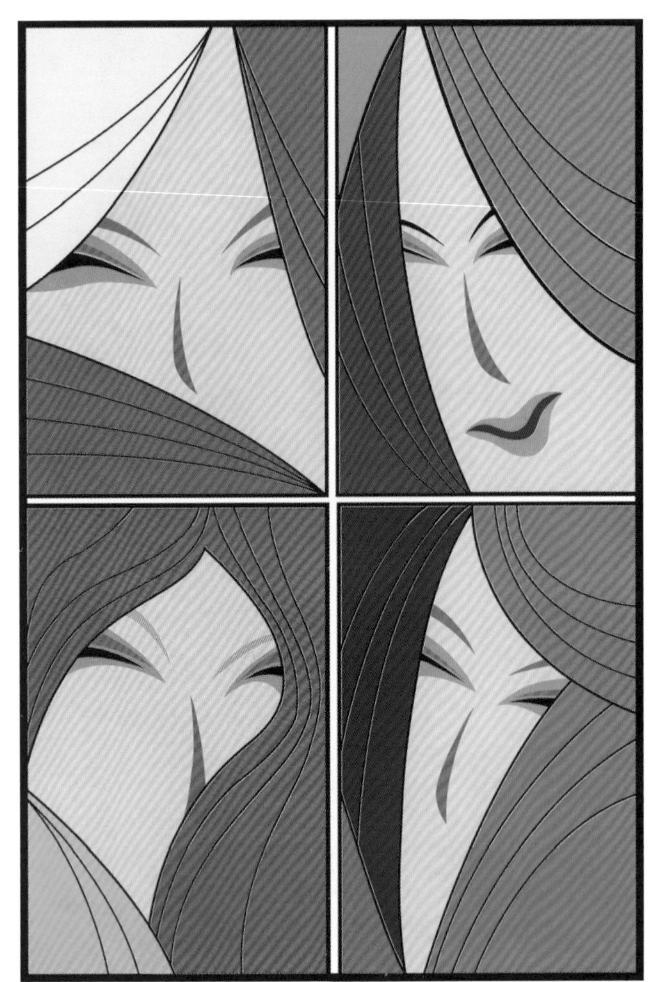

腾超

腾超

张布雷

现代设计专业的同学的思维形式是非常值得研究的。这三幅人物形象，造型异常地生动，色彩的表现烘托了人物形象，表达简练而强烈，让人过目不忘。

唐香花

唐香花

黄晓明

黄晓明

孙明

韦文颖

黄丹萍

黄丹萍

陈诚

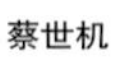

蔡世机

蔡世机

陈思成

邓金文

廖爱群

廖爱群

梁鹏

梁鹏

潘丞

潘丞

邬奇诚

邬奇诚

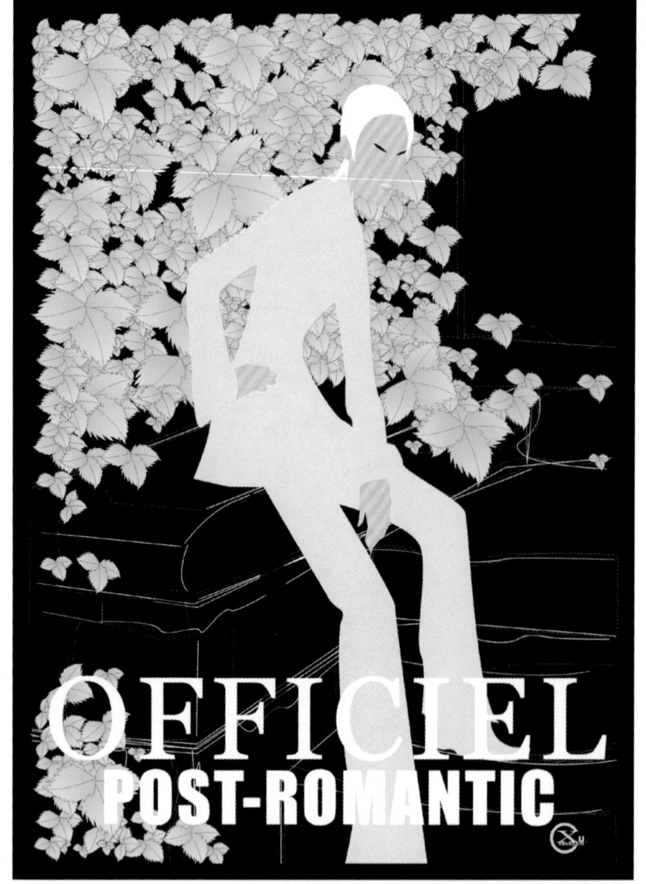

许长江

许长江

许长江

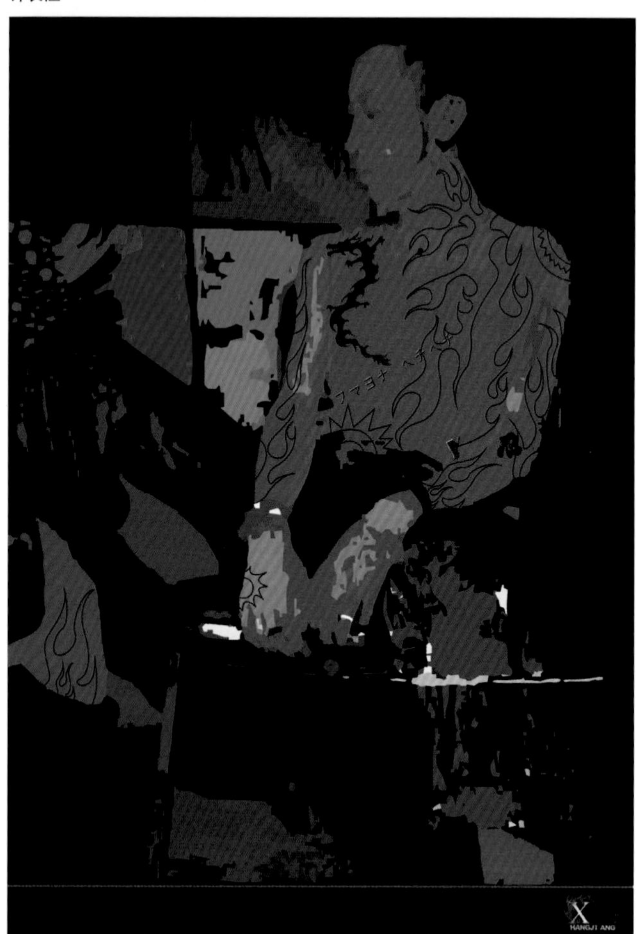

许长江

在色彩表现中融入一定的技法与变化，给人的感觉又多了一层意境，图形中的自我在色彩的表现中让人更加琢磨不透。

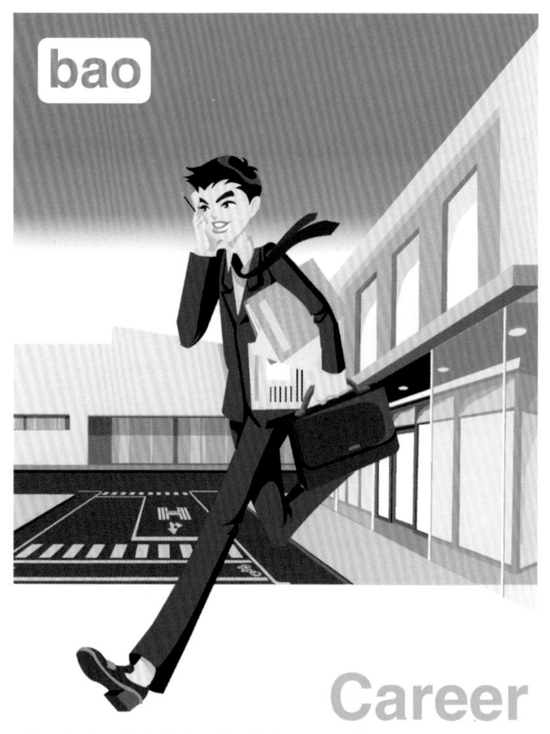

阳宝刚

阳宝刚

周纯福

2.结语

进行图形设计，对色彩的把握与运用是必备的首要条件，对学习者来说需要反复的练习和刻苦的钻研。本书作为教材用书，旨在为学习者提供一些理论指导，而创作与积累才是最好的老师。由于本书所陈述的观点大多来源于自己在平时教学和研究过程中得出的一些经验之谈，难免粗浅，今后还需进行完善和修正。在此，希望本书的读者给予更多更好的指导和建议。本书在编写过程中，得到了多位专家及学者的指导，广西艺术学院设计系的同学提供了许多优秀的作品为图例，在此表示诚挚的感谢。书中采用的国外设计作品图例，因时间及条件所限，未能一一联系，希望今后能有给予致谢和请教的机会。

思考与练习

看完本书后，根据自己的观点，谈谈自己在图形与色彩设计实践中所得到的体会和经验。

图书在版编目(CIP)数据

图形设计色彩／陆红阳编著．—南宁：广西美术出版社，2005.2

(现代设计色彩教材丛书)

ISBN 7-80674-595-5

Ⅰ．图... Ⅱ．陆... Ⅲ．构图（美术）—造型设计—色彩学 Ⅳ．J06

中国版本图书馆 CIP 数据核字（2005）第 010801 号

艺术顾问 柒万里 黄文宪

主　　编 陆红阳 喻湘龙

本册著者 陆红阳

编　　委 汤晓山 陆红阳 喻湘龙 林燕宁
何 流 周景秋 利 江 陶雄军
李 娟

出 版 人 伍先华

终　　审 黄宗湖

策　　划 姚震西

责任编辑 白 桦

文字编辑 于 光

校　　对 黄 艳 陈小英 刘燕萍 尚永红

封面设计 姚震西

版式设计 白 桦

丛书名：现代设计色彩教材丛书

书　名：图形设计色彩

出　版：广西美术出版社

地　址：南宁市望园路 9 号(530022)

发　行：广西美术出版社

制　版：广西雅昌彩色印刷有限公司

印　刷：深圳雅昌彩色印刷有限公司

版　次：2005 年 4 月第 1 版

印　次：2005 年 4 月第 1 次

开　本：889mm × 1194mm 1/16

印　张：6

书　号：ISBN 7-80674-595-5/J · 425

定　价：32.00 元